Berlin, 4.5.88

Lieber Claus!

... wie mir die Bibliothekarin glaubhaft versicherte, hat Mirabeau diesen Roman im Schatten einer franz. Platane geschrieben?
Viel Spaß beim Lesen.
Als Kleines
„Dankeschön" von

Edith + Cynthia

Honoré-Gabriel Riquetti, Comte de Mirabeau, geboren 1749 in Bignon bei Nemours, ist im Jahre 1791 in Paris gestorben. Der Gegensatz zu seinem tyrannischen Vater ließ den jungen Mirabeau öfter mit dem Gesetz in Konflikt geraten. Er verbüßte mehrere Festungsstrafen. 1776 floh er aus der Gefängnishaft, in die er wegen dienstlicher Verfehlungen gekommen war. Zunächst hielt er sich in der Schweiz auf, 1784–85 in England. 1786–1787 war er geheimer Agent der französischen Regierung in Preußen. Nach dem Ausbruch der französischen Revolution spielte er in Paris eine bedeutende Rolle.
1776 verfaßte Mirabeau in Amsterdam den »Essai sur le despotisme«. In England und Paris wirkte er als gefürchteter Publizist. Seine Erlebnisse in Berlin gaben den Anlaß zu einem, gemeinsam mit Mauvillon verfaßten, vierbändigen Werk »Sur la monarchie Prussienne sous Frédéric le Grand«. In diesem Buch wies er auf die Schwächen des preußischen Staates hin.
Am 4. 4. 1789 ließ sich Mirabeau, vom Adel der Provence zurückgewiesen, in Aix vom dritten Stand in die Generalstände wählen und beherrschte nach der Sitzung vom 23. 6. 1789 die Nationalversammlung durch seine überlegene Rhetorik. Er strebte eine konventionelle Reform nach englischem Vorbild — unter Erhaltung einer starken Monarchie im Rahmen der Verfassung — an. Die feudalen Vorrechte bekämpfte er leidenschaftlich.
Im Dezember 1790 wurde er Präsident des Jakobinerclubs, im Februar 1791 auch der Nationalversammlung. Sein plötzlicher Tod begünstigte die spätere radikale Entwicklung der Revolution.
»Der gelüftete Vorhang oder Lauras Erziehung« stammt aus einer reifen Lebensepoche des Autors. Der galante, 1786 geschriebene Roman, ist mehr als ein wollüstiges Sittengemälde. Er gibt ein Grundgefüge von fast ideologischer Konsequenz: die phantastische Kombinatorik der Liebesspiele vermeidet jeden koketten Seitenblick auf die Moral; sie ruft nicht, wie es bei einschlägigen Werken jener Zeit üblich war, in deren Namen heuchlerisch zu Abkehr von den dargestellten Lastern auf.
Die Quintessenz von Mirabeaus Werk ist ein Aufruf zum zwanglosen Zusammenleben, zur Toleranz und schließlich zu echter Partnerbindung.

insel taschenbuch 32
Mirabeau
Der gelüftete Vorhang

MIRABEAU
DER GELÜFTETE VORHANG
ODER
LAURAS ERZIEHUNG
AUS DEM FRANZÖSISCHEN
VON EVA MOLDENHAUER
NACHBEMERKUNG VON
NORBERT MILLER

INSEL

insel taschenbuch 32
Erste Auflage 1971
© Insel Verlag Frankfurt am Main 1971
Alle Rechte vorbehalten
Vertrieb durch den Suhrkamp Taschenbuch Verlag
Umschlag nach Entwürfen von Willy Fleckhaus
Druck: Nomos Verlagsgesellschaft, Baden-Baden
Printed in Germany

6 7 8 9 10 – 89 88 87 86

DER GELÜFTETE VORHANG ODER LAURAS ERZIEHUNG

BRIEF VON SOPHIE
AN DEN CHEVALIER D'OLZAN

Ich schicke dir, teurer Chevalier, ein galantes Manuskript. Du wirst dir kaum vorstellen können, wo ich es entdeckt habe. Es ist eine kleine Kostbarkeit, von einer hübschen Hand meines Geschlechts geschrieben, eine kurzweilige Spielerei für Mußestunden, die Einlaß in ein Kloster gefunden hat. Wie war es möglich, daß ein solches Gebetbuch unter die Schleier einer Nonne gelangte? Eben davon überzeugten sich meine Augen nur mit Mühe. Dennoch ist es die reine Wahrheit, lieber Chevalier, und es war ein seiner Bestimmung würdiges Geschenk. Die Liebe ist an derlei Orten nicht unbekannt: Gefühl gehört zur Natur des schönen Geschlechts, und Empfindsamkeit bildet den wichtigsten Teil seines Wesens; auch die Wollust gebietet machtvoll über diese zarten Geschöpfe. Fügt man zu diesen natürlichen Anlagen nun noch die erhitzenden Wirkungen einer durch Abgeschiedenheit und

Müßiggang überreizten Phantasie hinzu, dann weiß man, warum uns Frauen diese innere Leidenschaft in den Klöstern so sehr beherrscht. So kommt es auch, daß für Frauen aus jenen Ländern, in denen eifersüchtige Männer sie gefangenhalten, alle jene Freuden so überaus beglückend sind, die aufgrund der gewohnten Vorstellungen, welche die Frauen von ihnen gewonnen haben, kein Gegengewicht in anderen Zerstreuungen finden. In der Gesellschaft schwächt ein Sturm von Aufmerksamkeiten und Vergnügungen die Leidenschaften, statt sie zu vertiefen; der bestechende Glanz einer eitlen Koketterie verführt selbst die sinnlichsten Frauen; die ungestüme Liebe bleibt der dunklen, melancholischen Einsamkeit vorbehalten: es ist also nicht verwunderlich, daß die hier niedergeschriebenen Geheimnisse sich in eine Zelle haben einschleichen können, um die Mußestunden auf die zärtlichste Weise auszufüllen.

Durch deine Abwesenheit ward mir jedermann lästig, und meine Schwester, die Nonne ist, bat mich, einige Tage bei ihr zu verbringen: ich habe ihrem Wunsche nachgegeben. Oh, teurer Freund, wie bin ich, wiewohl ihre Schwester, von den Qualen durchdrungen, die sie erdulden muß! Sie hat ein sanftes Herz, einen lebhaften Geist, einen feinen Ge-

schmack; sie besitzt Anmut und Schönheit; sie sah sich hinter Klostermauern, noch bevor sie sich selber kannte. Ich an ihrer Stelle wäre todunglücklich, ich, die ich weit weniger Recht auf das Glück habe als sie! Voller Ungeduld erwartete sie eine Freundin, die bald zu ihr kommen sollte. Vom ersten Tage an erzählte sie mit unendlicher Zärtlichkeit von ihr; sie beschrieb sie in den lebhaftesten Farben; immer wieder lenkte sie das Gespräch auf diesen anziehenden Gegenstand. Eines Tages erhielt sie von ihr ein wunderhübsches Kästchen; es war voll kleiner Dinge, die einer Nonne wohl anstehen; wie gewöhnlich zog es die Blicke der Schwestern und Oberinnen auf sich, die meist mehr neugierig denn schlau sind. Eine kostbare Entdeckung entging ihrem Blick. Als meine Schwester mich allein gelassen hatte, packte mich meinerseits die Neugierde. Ich bemerkte, daß der Boden für eine so kleine Schachtel reichlich dick war; und in der Tat erwies es sich, daß er doppelt war und das kleine Schriftstück enthielt, das ich dir hier zukommen lasse. Ich habe es insgeheim während der Gebetstunden in meiner Klause abgeschrieben. Möge die Lektüre, zu welcher die Hand deiner Geliebten dir verhilft, dich den Pariser Schönen für einige Augenblicke entreißen! Deine Abwesenheit tötet mich.

Bring mir, teurer Chevalier, dein Herz und mein Leben sowie dieses hübsche Manuskript wieder: wir wollen es gemeinsam noch einmal lesen.

Der Chevalier d'Olzan hat die Namen geändert und das Manuskript drucken lassen, ohne jedoch den Stil anzutasten; er war der Ansicht, daß die Feder einer Frau durch die Hand eines Mannes nur schlecht zu spitzen sei.

DER GELÜFTETE VORHANG
ODER
LAURAS ERZIEHUNG

Laura an Eugenie

Hinweg, ihr törichten Vorurteile! nur furchtsame Seelen sind euch untertan! Eugenie, die der Kummer in ihrer Einsamkeit niederdrückt, bittet ihre liebe Laura um dieses zärtliche kleine Vergnügen: nichts soll mich länger davon abhalten.

Ja, meine liebe Eugenie, jene seligen Augenblicke, von denen ich dir zuweilen in deinem Bett erzählte; jener Sinnenrausch, dessen Wonnen wir eine in den Armen der anderen nachzuerleben suchten; jene Bilder meiner Jugend, deren Wollust wir zusammen genießen wollten – all dies will ich, um dich zufriedenzustellen, hier niederschreiben.

Alles, was ich von zartester Kindheit an getan und gedacht, was ich gesehen und empfunden habe, soll vor deinen Augen wiederentstehen. Ich werde all jene innigen Gefühle, jene beglückenden Regungen in dir wecken, von denen berauscht zu werden so reizvoll ist. Meine Worte sollen wahrhaftig sein, natürlich und beherzt; ich werde sogar wagen, mit meiner Hand Gestalten zu zeichnen, die des Gegenstandes und deiner glühenden Wünsche würdig sind; ich fürchte nicht, daß mich die Kraft verläßt. Eugenie, du bist es, die mich ermutigt, mich anfeuert. Du bist meine Venus und mein Apoll; doch gib acht, daß meine vertraulichen Eröffnungen dir nicht aus den Händen gleiten; vergiß nie, daß du dich im Heiligtum der Torheit oder der Verstellung befindest: der Eifer jener Nonnen, die den rechten Glauben haben, ist tausendmal weniger zu fürchten als der Eifer jener, die unter einem heuchlerischen Schleier die erregendste und ausgeklügeltste Wollust genießen. In den Augen der einen wirst du nur eine Sünderin sein, aber die anderen werden lauthals deine Verworfenheit anklagen.

Das Glück der Frauen liebt stets das Dunkel und das Geheimnis, doch steigern Furcht und Sittsamkeit den Wert ihrer Freuden. Niemals darf dieses kleine Werk das Tageslicht erblicken: es ist nicht für die Augen der Öffentlichkeit geschaffen.

Du wirst es nicht glauben, geliebte Eugenie, daß auch die freimütigsten Männer uns sogar die Vertraulichkeit der Phantasie mißgönnen. Sie möchten uns nur solche Vergnügungen gestatten, die sie selbst uns zuteil werden lassen. In ihren Augen sind wir nichts als Sklaven, die nur aus der Hand des Herrn etwas empfangen dürfen, der uns bezwungen hat. Alles gehört ihnen oder muß auf sie gerichtet sein; sie werden zu Tyrannen, sobald man es wagt, ihre Freuden zu teilen; sie sind eifersüchtig, wenn man es wagt, auch an sich zu denken. Egoistisch, wie sie sind, wollen sie auch noch, daß kein anderer es sei.

Nur wenigen kommt es in den Sinn, die Lust, die sie durch uns empfinden, mit uns zu teilen; es gibt sogar Männer, die sich Befriedigung verschaffen, indem sie uns quälen und uns Schmerzen zufügen. Zu welchen Absonderlichkeiten treibt sie nicht ihre Torheit! Ihre hitzige, wilde und ausschweifende Phantasie erlischt ebenso leicht, wie sie sich entzündet; ihre zügellose, unbeständige, perfide Begehrlichkeit irrt von einem Gegenstand zum anderen. In stetem Widerspruch zu ihren Gefühlen verlangen sie, daß wir uns keines der Privilegien erfreuen, die sie sich herausnehmen, wir, deren Empfindungsfähigkeit weit stärker ist, deren Einbildungskraft aufgrund unserer natürlichen Anlagen weit lebendiger und entflammbarer ist.

Oh, die Grausamen! sie möchten unsere Fähigkeiten zunichte machen, während doch leblose Kälte ihnen zur Qual und Not gereichen würde. Einige zwar schlagen vom gewöhnlichen Treiben abweichende Pfade ein, doch wäre es unvorsichtig, würden wir uns ihnen enthüllen.

Dieses kleine Werk wäre nicht minder unpassend in den Händen jener tauben Wesen, welche die Liebe nicht zu rühren vermag: ich spreche von den leidenschaftslosen Frauen, die durch keine Bemühungen liebenswerter Männer zu erregen sind, oder auch von jenen unzugänglichen Personen, die sich von Schönheit nicht bewegen lassen; es gibt auch, liebe Eugenie, jene undurchsichtigen, groben Menschen, die sich mit dem prunkvollen Namen eines Virtuosen oder Philosophen schmücken und den Wallungen einer schwarzen Galle, den trüben und schädlichen Ausdünstungen der Melancholie preisgegeben sind; diese fliehen die Welt, die sie verachtet: solche Leute mißbilligen, geradeso wie das nutzlose Alter, voll Bitterkeit alle Vergnügungen.

Andere hingegen, von leidenschaftlichem Temperament, sind durch anerzogene Vorurteile und Schüchternheit für eine Tugend begeistert worden, deren eigentliches Wesen sie niemals erfahren haben; sie lenken die natürlichen Ergießungen ihres Herzens ab, um deren ganze Kraft auf Schemen zu richten. Die Liebe ist ihnen ein profaner Gott, der ihren Weihrauch nicht verdient, und wenn sie im Namen der Ehe auch zuweilen Opfer darbringen, dann werden sie zu Fanatikern, die ihre herzlose Eifersucht unter dem Mantel der Ehre verbergen. Sie halten es für Blasphemie, der Liebe Ausdruck zu verleihen.

Also, geliebte Eugenie, man soll keinen vor den Kopf stoßen; behalten wir unsere zwanglosen Vertraulichkeiten für uns und erheitern wir uns alleine, in aller Stille. Nur dir will ich mein Herz eröffnen, nur für dich sollen die Bilder, die ich dir vor Augen führen will, mit keinem noch so dünnen Schleier verhüllt sein: den anderen aber sollen sie verborgen bleiben, ganz so wie die Freiheiten, die wir zusammen genossen haben.

Nur die Freundschaft und die Liebe sind in der Lage, wohlgefällige Blicke auf den freimütigen Dingen ruhen zu lassen, die meine Feder und mein Stift auszudrücken versuchen.

LAURAS ERZIEHUNG

Ich war gerade zehn Jahre alt geworden, als meine Mutter in einen Zustand von Schwermut verfiel, der sie nach acht Monaten ins Grab brachte. Mein Vater, über dessen Verlust ich Tag für Tag die bittersten Tränen vergieße, liebte mich zärtlich: seine Zuneigung, seine für mich so süßen Gefühle wurden von meiner Seite auf das lebhafteste erwidert.

Ich erinnere mich, daß meine Mutter ihm einmal den Eifer vorhielt, den er in seine Liebkosungen zu legen schien, und er gab ihr eine Antwort, deren Kraft ich damals noch nicht erkannte; doch wurde mir das Rätsel einige Zeit später enthüllt: »Worüber beklagen Sie sich, Madame? Ich brauche nicht darüber zu erröten: wenn es meine Tochter wäre, wäre der Vorwurf begründet; ich würde mich nicht einmal auf das Beispiel von Lot berufen; doch glücklicherweise empfinde ich ihr gegenüber die Zuneigung, die Sie an mir sehen: was Konventionen und Gesetze errichtet haben, ist wider die Natur; lassen wir es dabei bewenden...« Diese Antwort ist nie aus meinem Gedächtnis verschwunden. Das Schweigen meiner Mutter gab mir seither viel zu denken, ohne daß ich ans Ziel gelangt wäre; doch ergab sich aus dieser Unterredung und meinen eigenen kindlichen Gedanken, daß ich die Notwendigkeit spürte, mich einzig und allein an ihn zu halten, und ich verstand, daß ich seiner Freundschaft alles zu verdanken hatte. Dieser Mann, voller Sanftmut, Geist, Bildung und Talente, war dazu geschaffen, die herzlichsten Gefühle zu wecken.

Die Natur hatte mich begünstigt: ich war den Händen der Liebe entsprungen. Das Bild, das ich dir von mir geben möchte, teure Eugenie, zeichne ich nach seinen Worten. Wie oft hast du mir gesagt, daß er mir nicht geschmeichelt hat: ein süßer Traum, in den du mich führst und der mich dazu bringt, das zu wiederholen, was ich ihn so oft habe aussprechen hören! Von Kindheit an versprach meine Figur ebenmäßig und anmutig zu werden; ich ließ Grazie ahnen, einen schlanken, wohlgestalten Körper, eine edle, geschmeidige Taille; ich besaß eine schimmernde, weiße Haut. Die Impfung hatte mein Gesicht vor den üblichen Entstellungen der Pocken bewahrt; meine braunen Augen, deren Lebhaftigkeit durch einen sanften Blick gedämpft wurden, und meine aschbraunen Haare paßten auf das Vorteilhafteste zusammen. Ich hatte ein fröhliches Gemüt, doch neigte mein Charakter von Natur aus zur Nachdenklichkeit.

Mein Vater studierte meine Neigungen und Vorlieben: er machte sich ein Bild von mir; und so förderte er meine Anlagen mit der größten Sorgfalt. Sein besonderer Wunsch war es, mich bescheidene Aufrichtigkeit zu lehren; nichts sollte ich je vor ihm zu verbergen haben: es gelang ihm ohne Mühe. Dieser zärtliche Vater behandelte mich mit solcher Sanftmut, daß es unmöglich war, sich dagegen zu wehren. Seine strengsten Strafen beschränkten sich darauf, mich nicht mehr zu liebkosen, und keine fand ich kränkender.

Kurz nach dem Tod meiner Mutter nahm er mich in seine Arme: »Laurette, mein geliebtes Kind, dein elftes Lebensjahr ist vollendet; deine Tränen müssen langsam versiegen, ich habe ihnen genügend Frist gelassen; nun sollen Beschäftigungen deinen Kummer zerstreuen: es ist an der Zeit, sie wieder aufzunehmen.« Alles, was zu einer glänzenden und ausgezeichneten Erziehung beitragen konnte, erfüllte die Stunden meiner Tage. Ich hatte nur einen einzigen Lehrer, und dieser Lehrer war mein Vater: Malerei, Tanz, Musik, Wissenschaften; mit allem war er vertraut.

Mir schien, als habe er sich sehr leicht über den Tod meiner Mutter hinweggetröstet. Das überraschte mich, und ich konnte nicht umhin, mit ihm darüber zu sprechen: »Meine Tochter, deine Einbildungskraft entwickelt sich frühzeitig; ich kann also schon heute mit jener Wahrhaftigkeit und Vernunft zu dir sprechen, die zu hören du fähig bist. Vernimm denn, meine liebe Laura, daß in einer Gemeinschaft, in der Charakter und Gemüter einander ähneln, der Augenblick, der diese Gemeinschaft für immer zerstört, derjenige ist, der das Herz der Menschen zerreißt, die sie bilden, und Schmerzen in ihr Dasein bringt: für eine empfindsame Seele gibt es weder Festigkeit noch Weisheit, die fähig wären, dieses Unglück ohne Kummer zu ertragen, noch Zeit, welche die Trauer darüber auslöscht; doch wenn man nicht das Glück hat, Sympathie füreinander zu empfinden, sieht man in der Trennung nichts weiter als ein despotisches Gesetz der Natur, dem jedes Lebewesen unterworfen ist. Die Vernunft gebietet einem klugen Menschen in derlei Umständen, dieses Geschick, dem er sich auf keine Weise zu entziehen vermag, geziemend zu ertragen und mit Gleichmut und bescheidener Ruhe, die vollkommen frei ist von Heuchelei und Verzerrung, alles anzunehmen, was ihn den schweren Ketten, die er trug, entreißt.

Gehe ich zu weit, liebe Tochter, wenn ich dir in deinem zarten Alter noch mehr darüber erzähle? Nein, nein, lerne frühzeitig nachzudenken und dir ein Urteil zu bilden und es von den Fesseln des Vorurteils zu befreien, dessen tägliche Wiederkehr dich unaufhörlich zwingen wird, die Spuren zu verwischen, die es in deinen Geist zu zeichnen versucht. Stell dir zwei Geschöpfe vor, die ihrem Wesen nach einander entgegenstehen, doch durch eine lächerliche Macht eng miteinander verbunden sind, die durch Stand oder Vermögen, durch Umstände, die dem Anschein nach das Glück versprachen, durch eine vorübergehende Verzauberung bestimmt oder überwältigt worden sind, ein Zauber, dessen Illusion in dem Maße verfliegt, wie einer von beiden die Maske fallen läßt, die seine natürliche Gesinnung verbarg: wie glücklich wären sie, getrennt zu sein! Welch ein Gewinn für sie, wenn es möglich wäre, eine Kette zu zerbrechen, die ihnen zur Qual gereicht und ihnen brennende Schmerzen zufügt, um sich mit gleichgesinnten Wesen zu vereinen! Denn täusche dich nicht, Laurette, ein Charakter, der sich mit diesem oder jenem Menschen nicht verträgt, kann sehr wohl mit einem anderen übereinstimmen, und es herrscht das beste Einvernehmen zwischen ihnen aufgrund der Ähnlichkeit ihrer Neigungen und ihres Geistes. Mit einem Wort, nur eine gewisse Berührung von Gedanken, Gefühlen, Gesinnungen und Charakterzügen bewirkt die Annehmlichkeit und Süße einer Vereinigung; wohingegen der Gegensatz, in dem sich zwei Personen befinden, verstärkt durch die Unmöglichkeit, sich zu trennen, Unglück heraufbeschwört und die Qualen jener aneinandergeketteten Wesen verschlimmert!« — »Welch schreckliches Bild! Liebster Papa, du verleidest mir schon im voraus die Ehe. Ist dies deine Absicht?« — »Nein, geliebte Tochter; doch könnte ich meinem Beispiel noch so viele andere hinzufügen, daß ich mit einiger Sachkenntnis darüber sprechen darf, und zur Bekräftigung dieser so vernünftigen und sogar natürlichen Ansicht empfehle ich dir zu lesen, was der Präsident Montesquieu im hundertsechzehnten seiner *Persischen Briefe* über diesen Gegenstand zu sagen hat. Wenn das Alter und die erworbenen Kenntnisse dich in die Lage versetzen würden, diese Ansicht wegen der vorgeblichen Fehler, die man in ihr findet, zu bekämpfen, so wäre es mir ein Leichtes, sie zu widerlegen und die Mittel an die Hand zu geben, ihnen zu wehren; ich könnte dir alle Überlegungen mitteilen, die ich diesem Gegenstand gewidmet habe, doch erlaubt mir deine Jugend nicht, mich näher darüber auszulassen.« Damit schloß mein Vater.

Und nun, süße Freundin, wirst du sehen, wie die Szenerie sich verändert. Eugenie! geliebte Eugenie! soll ich darüber hinweggehen? Das Geschrei, das ich rings um mich zu hören glaube, zieht meine Feder zurück, doch die Liebe und die Freundschaft drücken sie wieder auf das Papier: ich fahre fort.

Wiewohl mein Vater ausschließlich mit meiner Erziehung beschäftigt war, bemerkte ich nach zwei oder drei Monaten, daß er nachdenklich und unruhig wurde; mir schien, als fehle ihm etwas zu seinem Seelenfrieden. Nach dem Tod meiner Mutter hatte er den Ort verlassen, wo wir wohnten, um mich in eine große Stadt zu bringen und sich ganz der Fürsorge um mich zu widmen; da er wenig Zerstreuung hatte, war ich der Mittelpunkt, auf den er all seine Gedanken, seine Aufmerksamkeit und seine Zärtlichkeit versammelte. Die Liebkosungen, mit denen er mich überschüttete, schienen ihn zu beflügeln; seine Augen wurden lebhafter, seine Haut röter, seine Lippen glühender. Er faßte meinen kleinen Popo mit beiden Händen, drückte ihn, ließ einen Finger zwischen meine Schenkel gleiten, küßte meinen Mund und meine Brust. Oft zog er mich nackt aus und tauchte mich in ein Bad: nachdem er mich abgetrocknet und mit wohlriechenden Ölen eingerieben hatte, preßte er seine Lippen auf alle Teile meines Körpers, ohne einen einzigen auszulassen; er betrachtete mich; seine Brust schien zu beben, und seine warmen Hände legten sich überall auf mich: nichts wurde vergessen. Oh, wie liebte ich diese reizenden Tändeleien und die Verwirrung, in der ich ihn sah! doch inmitten seiner heftigsten Liebkosungen verließ er mich plötzlich und rannte in sein Zimmer.

Eines Tages, als er mich mit den glühendsten Küssen bedeckt hatte, die ich ihm durch Tausende ebenso inniger Küsse erwiderte, als unsere Lippen mehrmals fest aneinandergehangen, als seine Zunge meine Lippen benetzt hatte, fühlte ich mich ganz anders. Das Feuer seiner Küsse war in meine Adern geströmt; er verließ mich in dem Augenblick, da ich am wenigsten darauf gefaßt war; ich war bekümmert. Ich wollte wissen, was ihn in jenes Zimmer trieb, dessen Glastür er zugeschlagen hatte, die mein Zimmer von dem seinen trennte. Ich näherte mich ihr, drückte die Augen an alle Scheiben, aus denen sie bestand, doch der Vorhang, der auf der anderen Seite hing, versperrte mir den Blick, und meine Neugierde wurde nur um so größer.

Am übernächsten Tag übergab man ihm einen Brief, der ihm zu gefallen schien. Als er ihn gelesen hatte, sagte er: »Meine liebe Laura, du kannst nicht länger ohne Erzieherin bleiben; man kündigt mir eine solche an, die morgen hier sein wird: man sagt mir viel Lobenswertes über sie, doch ist es nötig, sie kennenzulernen, um beurteilen zu können, ob man nicht übertrieben hat.« Auf eine solche Neuigkeit war ich in keiner Weise gefaßt. Ich gestehe, liebe Eugenie, daß sie mich traurig stimmte: die Gegenwart dieser Erzieherin störte mich schon jetzt, ohne daß ich wußte warum, und ihre Person mißfiel mir, bevor ich sie noch gesehen hatte.

Tatsächlich kam Lucette am angekündigten Tag bei uns an. Es war ein großes, wohlgebautes Mädchen zwischen neunzehn und zwanzig Jahren: sie hatte eine schöne, schneeweiße Brust, eine Gestalt, die einnehmend war, ohne hübsch zu sein; regelmäßig an ihr war nur ihr schön geschwungener Mund mit blutroten Lippen, kleine gradlinige Zähne mit strahlendem Schmelz. Ich war sofort beeindruckt. Mein Vater hatte mich gelehrt, einen schönen Mund zu schätzen, indem er mich wohl hundertmal zu diesem Vorzug beglückwünschte. Lucette verband all dies mit einem vortrefflichen Charakter, viel Sanftmut, Güte und einer bezaubernden Gemütsart. Trotz meiner kleinen Voreingenommenheit wurde ich bald zu ihr hingezogen, und es geschah, daß ich sie sehr lieb gewann. Ich bemerkte, daß mein Vater sie mit Wohlgefallen empfing, und Heiterkeit erstrahlte in seinen Augen.

Neid und Eifersucht, meine Teure, sind meinem Herzen fremd, nichts erscheint mir unbegründeter; und im übrigen hängt das, was die Begierde der Männer erweckt, häufig weder von unserer Schönheit noch von unserem Verdienst ab: lassen wie sie also frei, zu unserem eigenen Glück, ohne unruhig zu werden. Es gibt solche, deren Untreue oft nur ein leichtes Feuer ist, das verlöscht, sobald es aufgeflammt ist. Wenn sie ein wenig darüber nachdenken, sieht man sie in Kürze zu einer Frau zurückkehren, deren sanftes, freundliches Wesen es ihnen unmöglich macht, ohne sie zu leben; und wenn sie nicht nachdenken, dann ist der Verlust recht gering. Ach, wie töricht wäre es, sich darob zu martern.

Damals urteilte ich noch nicht mit so viel Scharfsinn; dennoch empfand ich keinerlei Eifersucht gegenüber Lucette: freilich konnte aufgrund ihrer Freundschaft, ihren Liebkosungen sowie denen, die mein Vater mir auch weiterhin angedeihen ließ, auch keine Eifersucht in mir aufkommen. Ich bemerkte einen Unterschied lediglich in der Zurückhaltung, die er sich auferlegte, wenn Lucette anwesend war; doch schrieb ich dieses Verhalten seiner Vorsicht zu. So verging eine gewisse Zeit, während der ich schließlich seine Absichten bezüglich ihrer entdeckte. Er ließ keine Gelegenheit verstreichen, die sich ihm bot; indes empfand ich bald dieselbe Zuneigung für Lucette wie mein Vater.

Lucette hatte den Wunsch geäußert, in meinem Zimmer zu schlafen, und mein Vater war damit einverstanden gewesen. Des Morgens, wenn ich erwachte, kam er uns umarmen; ich lag in einem Bett neben dem ihren. Dies sowie der Vorwand, mich zu besuchen, machten es ihm leicht, sich mit uns beiden zu vergnügen und Lucette jede Art des Entgegenkommens zu zeigen, die er vor mir riskieren konnte. Ich sah wohl, daß sie ihn nicht zurückwies, doch fand ich, daß sie sein Werben nicht auf die Weise erwiderte, wie ich es an ihrer Stelle getan hätte und wie ich es von ihr wünschte; ich konnte keinen Grund dafür finden. Ich urteilte aus meiner Sicht und glaubte, da ich meinen Vater so zärtlich liebte, daß alle Welt mein Herz haben müßte, so denken und fühlen müßte wie ich; ich konnte nicht umhin, ihr Vorwürfe zu machen: »Warum lieben Sie meinen Vater nicht, er, der Ihnen so freundschaftlich gesinnt zu sein scheint? Wie undankbar Sie sind!« Sie lächelte ob dieser Vorwürfe und versicherte mir, daß sie ungerechtfertigt seien: und tatsächlich zerstreute sich diese scheinbare Abneigung schon nach kurzer Zeit.

Eines Abends nach dem Essen kehrten wir in das Zimmer zurück, in dem ich mich aufzuhalten pflegte; er bot uns Likör an. Nach einer knappen halben Stunde fiel Lucette in tiefen Schlaf; er nahm mich in seine Arme, trug mich in sein Zimmer und ließ mich in seinem Bett schlafen. Überrascht von diesem neuen Arrangement, wurde meine Neugier augenblicklich wach. Eine Weile später stand ich auf und lief leise zu der Glastür und schob den Vorhang beiseite. Ich war sehr verwundert, Lucettes Brust völlig entblößt zu sehen. Welch ein reizender Busen! Zwei schneeweiße Halbkugeln, in deren Mitte zwei knospende Erdbeeren von etwas lebhafterer Hautfarbe prangten; fest wie Elfenbein, bewegten sie sich nur mit ihren Atemzügen. Mein Vater betrachtete diese lieblichen Brüste, nahm sie in die Hände, küßte sie und saugte an ihnen:

nichts weckte meine Erzieherin auf. Kurz darauf zog er ihr alle Kleider aus und trug sie zum Rand des Bettes, das der Tür, an der ich stand, genau gegenüberlag. Er lüftete ihr Hemd; ich sah zwei alabasterfarbene Schenkel, rund und mollig, die er auseinanderzog; und ich erblickte einen kleinen rosafarbenen Spalt, der mit tiefbraunen Haaren bedeckt war; er öffnete ihn ein wenig, legte seinen Finger darauf und bewegte lebhaft seine Hand: nichts riß sie aus ihrem Schlaf. Durch diesen Anblick erregt und dem Beispiel folgend, ahmte ich bei mir selbst die Bewegungen nach, die ich sah. Ich verspürte ein mir unbekanntes Gefühl. Mein Vater legte sie auf das Bett und ging auf die Tür zu, um sie zu schließen. Ich entfloh und eilte zu dem Bett, in das er mich gelegt hatte. Sobald ich ausgestreckt lag, begann ich, meine neu erworbenen Kenntnisse nutzend und über das nachdenkend, was ich gesehen hatte, meine Reibungen fortzusetzen. Ich glühte am ganzen Leib; jenes Gefühl, das ich verspürt hatte, verstärkte sich immer mehr und erreichte eine solche Kraft, daß meine Seele, in der Mitte meiner selbst versammelt, alle anderen Teile meines Körpers verlassen hatte, um an jenem einzigen Punkt innezuhalten: zum erstenmal fiel ich in einen mir unbekannten Zustand, der mich entzückte.

Als ich wieder zu mir kam und dieselbe Stelle befühlte, wie groß war meine Überraschung zu entdecken, daß ich dort ganz naß war! Im ersten Augenblick befiel mich eine starke Unruhe, die aber bei der Erinnerung an das Wohlbefinden, das ich verspürt hatte, und durch einen sanften Schlummer verflog, der mir die Nacht über in schmeichelnden Träumen die freundlichen Bilder meines Lucette liebkosenden Vaters nachzeichnete. Ich schlief noch, als er am nächsten Morgen kam, um mich mit seinen Küssen zu wecken, die ich ihm tausendfach vergalt.

Seit jenem Tag schienen mir er und meine Erzieherin in besserem Einvernehmen zu stehen, obgleich er des Morgens nicht mehr so lange bei uns blieb. Sie hatten keine Ahnung, daß ich etwas wußte, und sie neckten einander den Tag über in ihrer vermeintlichen Sicherheit auf die vielfältigste Weise, nach welchem Vorspiel sie sich gemeinsam in sein Zimmer zurückzogen, wo sie recht lange verweilten. Ich konnte mir wohl denken, daß sie das, was ich gesehen hatte, wiederholen würden; damals gingen meine Gedanken noch nicht darüber hinaus; dennoch verging ich fast vor Sehnsucht, dieses Schauspiel von neuem zu genießen. Teure Freundin, du wirst das heftige Verlangen ermessen können, das mich peinigte: endlich war jener Augenblick gekommen, da ich alles erfahren sollte!

Drei Tage später, als ich um jeden Preis mein sehnsüchtiges Verlangen befriedigen wollte, mein Vater ausgegangen und meine Erzieherin beschäftigt war, kam ich auf die Idee, einen Seidenfaden an eine Ecke des Vorhangs zu heften und ihn durch die gegenüberliegende Ecke einer der Glasscheiben zu ziehen. Als mir dieses Arrangement gelungen war, zögerte ich nicht, es mir zunutze zu machen. Am nächsten Tag zog mein Vater, der nur einen seidenen Morgenrock anhatte, Lucette in sein Zimmer, die ebenfalls nur leicht bekleidet war: sorgfältig schlossen sie die Tür und zogen den Vorhang zu, doch meine List gelang, wenigstens zum Teil. Kaum zwei Minuten später stand ich voller Ungeduld vor der Türe und lüftete ein wenig den Vorhang: ich erblickte Lucette; ihre Brüste waren völlig entblößt; mein Vater hielt sie in den Armen und bedeckte sie mit Küssen, doch die Leidenschaft brannte, und bald lag alles, Röcke, Korsett, Hemd, auf der Erde. Wie schön erschien sie mir in diesem Zustand! und wie liebte ich es, sie so zu sehen! Sie strahlte die Frische und Anmut der Jugend aus. Liebe Eugenie, die weibliche Schönheit muß eine recht sonderbare Kraft haben, eine ungemein starke Anziehung ausüben, da sie auch uns gefällt! Ja, meine Liebe, sie ist rührend, sogar für unser Geschlecht, mit ihren schönen runden Formen, ihrer seidigen, schimmernden Haut! Du hast es mich in deinen Armen fühlen lassen, und du hast das gleiche verspürt wie ich.

Alsbald war mein Vater in einem ebensolchen Zustand wie Lucette: dieser Anblick fesselte mich in seiner Neuheit; er trug sie auf ein Ruhelager, das ich nicht sehen konnte. Von Neugierde verzehrt, hielt mich nichts mehr zurück, ich lüftete den Vorhang, bis ich alles sehen konnte. Nichts entging meinen Blicken, da nichts ihr Vergnügen hemmte. Lucette, die auf ihm lag, den Hintern in die Luft gereckt, mit gespreizten Beinen, ließ mich die ganze Öffnung ihres Spalts sehen, zwischen zwei kleinen fleischigen und prallen Wölbungen. Diese Situation, die ich dem Zufall verdankte, schien wie geschaffen, meine neugierige Ungeduld vollauf zu befriedigen. Mein Vater zeigte mir zwischen seinen angehobenen Knien überdeutlich ein wahres Kleinod, ein dickes, steifes, an der Wurzel mit Haaren umgebenes Glied, an dem unten etwas Kugelförmiges herabhing; sein oberes Ende war rot und zur Hälfte mit einer Haut bedeckt, die aussah, als ließe sie sich noch weiter herunterschieben.

Ich erblickte, wie es in Lucettes Spalt eindrang, darin versank und immer wieder auftauchte. Sie küßten sich mit einem Ungestüm, das mich die Lust ahnen ließ, die sie empfanden; schließlich sah ich, wie dieses Instrument mit völlig entblößter Spitze herauskam, purpurrot und ganz naß, und eine weiße Flüssigkeit verspritzte, die sich kraftvoll auf Lucettes Schenkel ergoß. Bedenke, geliebte Eugenie, in welcher Verfassung ich mich selber angesichts eines derartigen Schauspiels befand! Aufs Höchste erregt, von einem Verlangen durchdrungen, das ich bisher noch nicht gekannt hatte, versuchte ich zumindest, an ihrem Rausch teilzuhaben; liebe Freundin, wie angenehm ist die Erinnerung an meine jungen Jahre noch heute für mich!

Indes hielt mich der Reiz des Vergnügens allzu lange in meinem Versteck zurück, und mein Vater, der bislang viel zu sehr außer sich gewesen war, um an seine Umgebung zu denken, sah plötzlich, als er sich Lucettes Armen entwand, das gelüftete Ende des Vorhangs; er erblickte mich; er hüllte sich in seinen Morgenrock und näherte sich der Türe; eilig zog ich mich zurück; er untersuchte den Vorhang und entdeckte meine List; er blieb an der Tür stehen, während Lucette sich ankleidete. Als ich sah, daß er blieb, glaubte ich, er habe nichts bemerkt; neugierig, was sie noch immer in jenem Zimmer trieben, kehrte ich zu der Scheibe zurück: wie groß war meine Überraschung, als ich darin das Gesicht meines Vaters sah! Ein Blitz, der mich getroffen hätte, würde mir keinen größeren Schrecken eingejagt haben. Meine List war nicht ganz gelungen; der Vorhang war nicht von selbst wieder heruntergefallen, wie ich es mir eingebildet hatte; dennoch tat er in diesem Augenblick, als sei nichts geschehen. Ich hatte bemerkt, daß Lucette schon wieder angezogen war; er kam mit ihr heraus und schickte sie, im Haus nach dem Rechten zu sehen. Ich fand mich allein mit ihm; er näherte sich, um mein Werk zu betrachten. Du kannst dir denken, meine Liebe, wie mir zumute war! Ich war ganz bleich und zitterte. Wie groß war meine Verwunderung, als dieser liebe Papa mich in seine Arme nahm und mir hundert Küsse gab! »Beruhige dich, meine liebe Laurette: was kann dir solche Angst einflößen? Fürchte nichts, geliebte Tochter, du weißt doch, auf welche Weise ich mich stets dir gegenüber verhalten habe; ich verlange nichts anderes von dir als die Wahrheit; ich möchte, daß du in mir mehr deinen Freund als deinen Vater siehst. Laura, ich bin dein Freund, und ich wünschte, du mögest offen mit mir sprechen;

meine Laura, verbirg mir nichts, und erzähle mir, was du tatest, während ich mit Lucette zusammen war, und was das merkwürdige Arrangement mit dem Vorhang zu bedeuten hat. Sei aufrichtig, ich flehe dich an, du wirst es nicht zu bereuen haben; wenn du es aber nicht bist, wird meine Liebe zu dir erkalten, und du kannst in ein Kloster gehen!«
Der Name dieser abgeschiedenen Stätte hatte mich schon immer mit Entsetzen erfüllt. Wie schlecht kannte ich sie doch! Damals noch machte ich einen grundlegenden Unterschied zwischen der Tatsache, an einem solchen Orte eingesperrt oder bei meinem Vater zu sein; im übrigen konnte ich nicht daran zweifeln, daß er genau wußte, daß ich alles gesehen hatte, und schließlich war es mir immer so gut ergangen, wenn ich ihm die Wahrheit nicht verschwieg, daß ich nicht zögerte, ihm über alles Bericht zu erstatten, was mir zur Kenntnis gelangt war seit dem Augenblick, als er mich fortgetragen hatte und meine Erzieherin eingeschlafen war, bis zu dem Augenblick, als er mich überrascht hatte.

Jede Einzelheit, die ich ihm erzählte, jedes Bild, das ich nachzeichnete, entfachte alles andere als seinen Zorn, sondern wurde mit Küssen und Liebkosungen belohnt. Dennoch zögerte ich, ihm zu gestehen, daß ich mir dabei Lustgefühle verschafft hatte, die ebenso neu für mich waren, wie sie mir köstlich erschienen; doch er ahnte es. »Meine liebe Laurette, du sagst mir noch nicht alles«; und indem er seine Hand über meinen Popo gleiten ließ und mich küßte: »Fahre fort, du darfst und kannst mir nichts verschweigen; berichte mir alles.« Und ich gestand ihm, daß ich mir durch Reiben, dem ähnlich, das ich ihn bei Lucette hatte vornehmen sehen, eine äußerst heftige Lust verschafft hätte, woraufhin ich ganz naß geworden sei, und daß ich es seither noch drei- oder viermal getan hätte. »Aber, geliebte Laura, als du sahst, womit ich in Lucette eingedrungen bin, hat dich das nicht auf den Gedanken gebracht, dir den Finger hineinzustecken?« — »Nein, lieber Papa, auf diesen Gedanken bin ich nicht gekommen.« — »Gib acht, Laura, mich zu belügen; du kannst mir nicht verbergen, was geschehen ist; laß mich nachsehen, ob du aufrichtig warst.« — »Herzlich gern, lieber Papa, ich habe dir nichts verheimlicht.« Daraufhin gab er mir die zärtlichsten Namen; wir gingen in sein Zimmer; er legte mich auf das Ruhelager, hob meine Röcke hoch und untersuchte mich sehr aufmerksam. Dann wollte er, indem er die Ränder meines Spalts ein wenig auseinanderzog, den kleinen Finger hineinstecken; der

Schmerz, den er mir damit bereitete und den meine Klagen verrieten, ließ ihn innehalten. »Ganz entzündet bist du, liebes Kind; doch ich sehe, daß du mich nicht belogen hast; die Rötung kommt sicherlich daher, daß du dich so sehr gerieben hast, als ich bei Lucette war.« Ich gab es zu und gestand ihm sogar, daß ich die Lust, die ich gesucht hatte, mir nicht habe verschaffen können. Meine Aufrichtigkeit wurde durch einen Kuß belohnt; er legte seinen Mund sogar an die Stelle und ließ seine Zunge darübergleiten, was ein wunderbares Gefühl in mir weckte; diese Art von Zärtlichkeit schien mir neu und himmlisch, und wie um das Entzücken auf die Spitze zu treiben, erstand vor meinen Augen das Glied, das ich gesehen hatte. Unwillkürlich nahm ich es in eine Hand und öffnete mit der anderen den Morgenrock meines Vaters: er ließ es geschehen. Endlich hielt ich dieses bezaubernde Kleinod in Händen und sah es aus nächster Nähe, das ich schon so deutlich zwischen Lucettes Schenkeln gesehen hatte. Wie liebenswert und einzigartig erschien es mir! In diesem Augenblick spürte ich, daß dies die wirkliche Triebfeder aller Freuden war. Jene Haut, die sich durch die Bewegungen meiner Hand auf- und niederschob, verhüllte und entblößte abwechselnd seine Spitze; doch wie überrascht war ich, als ich nach einigen Augenblicken dieser Tändelei sah, daß ihm eben jene Flüssigkeit entströmte, welche die Schenkel meiner Erzieherin überflutet hatte. Dabei geriet er immer mehr in Hitze und verdoppelte seine Liebkosungen, die ich teilte. Die Lust weckte die lebhaftesten Gefühle in mir. Bald ging sie in all meine Sinne über und verursachte eine unaussprechliche Wonne; seine Zunge fuhr in ihrer Bewegung fort, ich rang nach Atem: »Oh, lieber Papa!... oh, ich sterbe!...« Und mir schwanden die Sinne in seinen Armen.

Seither war alles für mich eine Quelle der Erleuchtung; was ich mir bislang nicht hatte vorstellen können, entfaltete sich in einem Augenblick. Meine Einbildungskraft erschloß sich ganz und gar; sie erfaßte alles; das Instrument, das ich berührte, schien der wundersame Schlüssel zu sein, der mit einem Schlage meine Auffassungsgabe schärfte, und ich fühlte, wie dieser liebenswerte Papa mir immer teurer wurde und meine Zärtlichkeit für ihn eine unglaubliche Steigerung erfuhr: in meinen Händen war sein ganzer Körper der Lust preisgegeben; meine zahllosen Küsse und Liebkosungen folgten einander ohne Unterlaß, und das Feuer, das sie in ihm entzündeten, ermutigte mich, sie zu vermehren.

Er führte mich in mein Zimmer zurück, das

meine Erzieherin einige Augenblicke später betrat. Ich ahnte nicht, was er ihr sagen würde: »Lucette, von nun an brauchen wir uns vor Laura keinen Zwang mehr aufzuerlegen; sie weiß ebensoviel wie wir!« Und er wiederholte ihr alles, was ich ihm erzählt hatte, und zeigte ihr das Spiel mit dem Vorhang. Sie schien darüber bestürzt zu sein, doch ich warf mich ihr an den Hals, und meine Zärtlichkeiten, verbunden mit den vernünftigen Worten, die mein Vater zu ihrer Beruhigung sprach, zerstreuten den kleinen Kummer, den sie zu erkennen gegeben hatte. Er ging hinaus und kam eine Stunde später mit einer Frau zurück, die, sobald sie eingetreten war, mir befahl, mich auszuziehen, und Maß für irgend etwas an mir nahm, von dem ich mir weder Form noch Zweck vorzustellen vermochte.

Als es Zeit geworden war, zu Bett zu gehen, legte er mich auf das Lager von Lucette und bat sie, auf mich aufzupassen: er ließ uns allein; doch trieb ihn die Unruhe bald wieder zu uns zurück, und er legte sich in dasselbe Bett. Ich befand mich in ihrer Mitte; er hielt mich umschlungen und bedeckte mit seiner Hand den Raum zwischen meinen Schenkeln, so daß ich die meine nicht dorthin tun konnte. Daraufhin nahm ich sein Instrument in die Hand, das mich sehr überraschte, da es schlaff herabhing. In diesem Zustand hatte ich es noch nicht gesehen. Ich stellte mir im Gegenteil vor, daß es immer dick, steif und aufrecht wäre; doch es dauerte nicht lange, bis es in meiner Hand die Festigkeit und Dicke wiedergewann, die ich an ihm kannte. Lucette, die unser Treiben bemerkte, war von seinem Verhalten befremdet und konnte es nicht fassen; und was sie sagte, bereitete mir großen Kummer: »Die Art und Weise, Monsieur, wie Sie mit Laura verfahren, bestürzt mich. Sie, Monsieur, Ihr Vater!« — »Ja und nein, Lucette; es ist dies ein Geheimnis, das ich Ihnen und auch Laura gerne anvertrauen möchte, die alles Interesse hat, es zu wahren; die Umstände machen es sogar notwendig, daß ich es euch beiden verrate. Ich kannte Lauras Mutter kaum vierzehn Tage, als ich sie heiratete. Vom ersten Tage an erkannte ich den Zustand, in dem sie sich befand; ich war der Ansicht, daß es klug wäre, mir nichts anmerken zu lassen. Ich brachte sie in eine entfernte Provinz, damit der wahre Zeitpunkt nicht ermittelt werden konnte. Nach vier Monaten kam Laura zur Welt, kräftig und gesund wie ein neun Monate altes Kind. Ich blieb noch sechs Monate in dieser Provinz und brachte sie beide nach Ablauf dieser Frist zurück. Ihr seht nun, daß dieses Kind, das mir so sehr ans Herz gewachsen ist, nicht meine natürliche Tochter ist. Völlig fremd für mich, ist sie meine Tochter nur aufgrund meiner Zuneigung; einen inneren Vorbehalt kann es also nicht geben, und jede andere Überlegung ist mir gleichgültig.«

Augenblicklich erinnerte ich mich der Antwort, die er meiner Mutter gegeben hatte; das Schweigen, das sie in diesem Augenblick gewahrt hatte, erschien mir nun nicht mehr so außergewöhnlich; ich sagte es Lucette, deren Befremden allmählich schwand: »Wie aber haben Sie sich gegenüber Ihrer Gattin verhalten, als Sie von diesem Ereignis erfuhren?« — »Ganz einfach; ich habe stets gleichgültig mit ihr zusammengelebt, und habe nur das eine Mal, von dem Laura soeben berichtete, darauf angespielt; und auch nur deshalb, weil sie mir Anlaß dazu gegeben hat. Der Graf von Norval, dem Laura das Licht der Welt verdankt, ist ein gutaussehender, liebenswürdiger Kavalier, mit einnehmenden Zügen und Eigenschaften, die den Frauen gefallen; ich wunderte mich nicht darüber, daß sie sich ihm hingegeben hatte. Dennoch durfte sie ihn nicht heiraten, da ihre Eltern ihn nicht reich genug für sie fanden. Aber wenn Laura auch nicht durch Blut und Natur mit mir verbunden ist, so hat mich doch die herzliche Zuneigung, die ich zu diesem freundlichen Kind allmählich faßte, dazu geführt, sie als meine Tochter anzusehen, und sie ist mir dadurch vielleicht noch liebenswerter geworden. Dieses Ereignis war jedoch der Grund, weshalb ich mich ihrer Mutter niemals näherte, denn ich empfand ihr gegenüber einen Widerstand, den ihre Falschheit erweckt hatte und den ich nicht zu überwinden vermochte, um so mehr, als ihr Charakter und ihre Gesinnung ihn noch verstärkten. So also bin ich meiner lieben Laurette einzig durch die Bande des Herzens verbunden, da ich in ihr alles fand, was mir die zärtlichste Liebe und Freundschaft einflößen konnte.«

Meine Erzieherin umarmte mich und ließ mir tausenderlei Liebkosungen zukommen, die bewiesen, daß ihre Vorurteile sich nunmehr ganz und gar verflüchtigt hatten, und ich erwiderte sie hingebungsvoll. Ich nahm ihre Brüste in die Hand, die ich so hübsch fand; ich küßte sie und saugte an ihnen. Mein Vater legte die Hand auf Lucette; er begegnete der meinen, die er erfaßte; er fuhr mit ihr über Lucettes Bauch und Schenkel. Ihre Haut war weich wie Samt; er führte sie auch auf ihre Schamhaare, auf ihren Hügel, ihren Spalt: schnell lernte ich die Namen all dieser Körperteile kennen. Ich legte meinen Finger dorthin, wo ich meinte, daß es ihr guttat. Ich fühlte an dieser Stelle etwas Hartes und Geschwollenes. »Recht so, Laura! du berührst die empfindlichste Stelle; bewege deine Hand und nimm sie nicht von der Klitoris fort, wenn ich meinen Finger in ihre kleine Möse stecke.« Lucette drückte mich in ihre Arme und streichelte meinen Popo; sie nahm den Schwanz meines Vaters, legte ihn zwischen meine Schenkel; doch er regte sich weder noch drang er in mich ein.

Bald befand sich meine Erzieherin auf dem Höhepunkt der Lust; ihre immer häufigeren Küsse, ihr Stöhnen ließen es uns wissen: »Oh... schnell, Laurette!... geliebte Freundin, stoß zu... Oh! es kommt!... Ich sterbe!...« Wie erregend waren diese Ausdrücke der Wollust. Ich fühlte, daß ihre kleine Möse ganz naß geworden war; der Finger meines Vaters kam heraus, über und über mit dem bedeckt, was sie ausgeströmt hatte. Oh, teure Eugenie, wie war ich aufgeregt! Ich nahm die Hand von Lucette und schob sie zwischen meine Schenkel; ich wünschte, daß sie mit mir das gleiche tue, was ich soeben für sie getan hatte, doch mein Papa, der meinen kleinen Hügel mit seiner Hand bedeckte, unterbrach ihre Bewegungen und vereitelte mein Vorhaben. Seine große Sinnlichkeit hinderte ihn nicht, mit der Lust hauszuhalten: er mäßigte seine Begierde.

Er dämpfte meine Ungeduld und riet uns, ruhig zu bleiben. Wir schliefen einer in den Armen des anderen ein, in der angenehmsten Trunkenheit versunken. Noch niemals hatte ich eine Nacht verbracht, die mir so gefiel wie diese.

Wir waren gerade dabei, uns den Zärtlichkeiten des Erwachens hinzugeben, als mein Vater eben jene Frau hereinließ, die er am Vortag herbestellt hatte. Wie groß war meine Verwunderung und mein Kummer, als sie mir ein Höschen aus Saffianleder überzog, das bis zur Mitte meiner Hüften reichte. Es war mit Samt ausgefüttert, saß ziemlich locker und behinderte mich nicht; nur der Gürtel umschloß eng meine Taille und hatte Träger, die über meine Schultern führten und oben durch einen Querstreifen verbunden waren. Das Ganze ließ sich nach Belieben weiter oder enger machen. Vorne war der Gürtel etwa vier Finger breit geöffnet. Entlang dieser Öffnung befanden sich auf beiden Seiten Ösen, durch die mein Vater ein vergoldetes, fein geschmiedetes Kettchen zog, das er mittels eines Geheimschlosses zumachte: »Geliebte Laura, teures Kind, deine Gesundheit und deine Reinheit liegen mir am Herzen: der Zufall hat dich über das belehrt, was du erst mit achtzehn Jahren hättest wissen dürfen; es ist erforderlich, daß ich Vorsichtsmaßnahmen ergreife, um deinen Kenntnissen und einer Neigung zu begegnen, welche die Natur und die Liebe dir verliehen haben; später einmal wirst du es mir danken. Jedes andere Mittel würde meiner Denkungsart und meinen Absichten zuwiderlaufen.«

Zuerst war ich sehr zornig, und ich vermochte meinen Verdruß nicht zu verbergen; doch habe ich seither nur allzugut begriffen, wieviel Dank ich ihm dafür schulde.

Er hatte für alles vorgesorgt. Am unteren Ende des Höschens befand sich eine Art silberne, innen vergoldete Gondel, die genau zwischen meine Schenkel paßte; mein kleiner Hügel war ganz und gar von ihr eingeschlossen; nach hinten zu wurde sie flach und breiter, vier Finger lang unter meiner kleinen Möse verlaufend, und endete in einer abgerundeten Spitze an meinem After, ohne mir irgendwelche Unbequemlichkeiten zu bereiten. Sie war der Länge nach gespalten, und dieser Schlitz öffnete und schloß sich mittels flacher Scharniere, sobald man die Schenkel spreizte oder zusammenpreßte; daran befestigt war ein biegsames Metallröhrchen aus Scharnierringen, das meinem Harn als Ausgang diente. Das Beinkleid hatte ein rundes, hinreichend großes Loch in Höhe des Afters, das mir die Möglichkeit ließ, alle notwendigen Funktionen auszuführen, ohne es ablegen zu müssen, aber es war mir unmöglich, den Finger in meine Möse zu stecken, und noch unmöglicher, sie zu erregen – etwas, das mein Vater unbedingt vermeiden wollte und mich am meisten schmerzte.

Seither, meine Liebe, habe ich oft darüber nachgedacht, ob es nicht angebracht wäre, auch den Knaben etwas Ähnliches anzulegen, um den Erschöpfungen vorzubeugen, denen sie sich vorzeitig hingeben; denn wie sehr man auch über sie wacht – die Gesellschaft, in der sie sich befinden, lehrt sie nur allzu früh und allzu gründlich, wie man diese Art von Tätigkeit ausübt.

Während der vier oder fünf Jahre, die seit jenem Tag verstrichen sind, zog mein Vater mir eigenhändig jeden Abend dieses Beinkleid aus; Lucette reinigte es sorgsam und wusch mich; er sah nach, ob es mich verletzte, und zog es mir wieder an. Bis zum Alter von sechzehn Jahren durfte ich es nicht ablegen. In dieser Zeit wuchsen meine Talente, und ich erwarb Kenntnisse auf allen Gebieten. Eine natürliche Wißbegier stachelte mich dazu an, für alles eine Erkärung zu suchen; jedes Jahr wuchs mein Wissen um ein Beträchtiches, und ich wurde nicht müde, nach neuen Erkenntnissen zu streben. Ich hatte mich an die Gefangenschaft gewöhnt, in der ich mich befand, und die nahe Aussicht auf ihr Ende half mir die Zeit, die ich dazu verdammt war, ertragen; ich hatte mich in diese Notwendigkeit gefügt, und zwar um so leichter, als sie mich nicht daran hinderte, mich all der Zärtlichkeiten zu erfreuen, die ich selber gewährte oder deren Zeuge ich wurde, denn ich hatte meinen Vater und meine Erzieherin ja in die Lage versetzt, sich durch meine Gegenwart nicht gestört zu fühlen.

Bei all den Fragen, die ich ihm stellte, vergaß ich selten jene, um die es mir am meisten zu tun war. Je älter ich wurde, desto stärker sprach die Natur in mir, und zwar um so heftiger, als sie durch die Lust der beiden angestachelt wurde; und so fragte ich ihn des öfteren, auf welchen Gründen die Notwendigkeit des Zwangs beruhe, den er mir auferlegte, und welches der Anlaß der Vorsichtsmaßnahmen sei, die er mir gegenüber ergriffen hatte. Immer hatte er mich auf ein vorgerückteres Alter verwiesen. Als ich schließlich im sechzehnten Lebensjahr stand, gab er mir die Antwort auf meine Frage: »Darf ich nun endlich erfahren, lieber Papa, welche Gründe Sie dazu bewogen haben, mir dieses lästige Beinkleid anzulegen, da Sie mir doch versichern, Ihre Laurette so zärtlich zu lieben? Meine Erzieherin ist weitaus glücklicher daran als ich; vielleicht lieben Sie mich weniger als sie: wollen Sie mir nun heute die Absichten erklären, die Sie geleitet haben?« — »Eben jene Zärtlichkeit und Zuneigung, die ich für dich empfinde; mein liebes Mädchen, ich betrachte dich nicht länger als ein Kind, du hast nun bald ein Alter erreicht, wo man dich über fast alles aufklären kann, und vielleicht muß ich es gerade bei dir noch früher tun.

Wisse denn, liebe Laurette, daß die menschliche Natur am Wachstum der Individuen solange arbeitet, bis sie etwa fünfzehn oder sechzehn Jahre alt sind. Dieser Zeitpunkt mag bei den einzelnen früher oder später kommen, liegt aber bei deinem Geschlecht im allgemeinen ziemlich genau fest; allerdings ist er erst mit siebzehn oder achtzehn Jahren auf der Höhe seiner Kraft. Bei den Männern braucht die Natur länger, um sich zu vollenden: wird ihre Tätigkeit durch vorzeitige und häufige Ergüsse davon abgelenkt, jenem Wachstum zu dienen, so hat man sein Leben lang darunter zu leiden, und die Schäden, die daraus erwachsen, gehören zu den unerquicklichsten. Die Frauen zum Beispiel sterben früh oder bleiben klein, schwach und matt, oder sie werden von einer Art Auszehrung und Abmagerung befallen, die zum Brustleiden ausarten kann, oder sie berauben ihr Blut jenes Mittels, das dazu bestimmt ist, ihre Regel im normalen Alter und auf zuträgliche Weise herbeizuführen, oder aber sie bekommen Blähungen, Nervenzuckungen, Ohnmachtsanfälle oder Unterleibsschmerzen und Sehstörungen und siechen dahin; sie beschließen ihre Tage in einem zuweilen recht jammervollen Zustand. Die jungen Männer nehmen ganz ähnlichen Schaden: sie schleppen sich elend dahin, sofern sie nicht vorzeitig sterben.«

Dieses erschreckliche Bild, liebe Eugenie, flößte mir Entsetzen ein und veranlaßte mich, ihm meine Dankbarkeit für seine Freundschaft und Fürsorge zu bezeugen, dafür, daß er meiner Neigung zur Liebe und Wollust frühzeitig Einhalt geboten hatte. Ich fand das Leben schön, und sosehr mir auch das Vergnügen gefiel, so wollte ich es dennoch nicht, wie ich ihm sagte, mit meinem Leben und meiner Gesundheit erkaufen. »Ich habe diesen Trieb als erster in dir erkannt, meine teure Laurette; ich wußte, daß dich in dem Alter, in dem du damals warst, keine Vernunft der Welt davon hätte abbringen können; dies ließ mich Vorsichtsmaßnahmen treffen, die du nicht zu bezwingen vermochtest und die ich auch heute noch nicht aufzuheben gedenke.

Es wäre sogar gut, wenn sie bei allen jenen jungen Leuten in Anwendung kämen, die durch unerwartete Umstände oder fahrlässige Personen leider viel zu früh aufgeklärt worden sind.«

Die Angst vor einer zerrütteten Gesundheit, die Furcht vor einem frühzeitigen Tod traten lebhaft vor meine Augen; doch das, was ich ihn mit Lucette hatte tun sehen, die Art und Weise, wie er mit ihr lebte, schwächte in gewisser Weise die Kraft jener Bilder, die Triftigkeit und Wirkung seiner Gründe; ich konnte nicht umhin, ihm meine Zweifel zu eröffnen: »Warum aber, lieber Papa, treffen Sie mit meiner Erzieherin nicht dieselben Vorsichtsmaßnahmen wie mit mir? Warum verhelfen Sie ihr im Gegenteil zu dem, was Sie mir verweigern?« — »Bedenke doch, liebe Tochter, daß Lucette völlig ausgewachsen ist; daß sie nur den Überfluß ihres Daseins weggibt; daß sie bereits andere Lebewesen in ihrem Schoße zu nähren vermag und daß sie daher weit mehr als das Notwendige zur Erhaltung des ihren besitzt, was sich so vortrefflich durch die Regelmäßigkeit ihrer Periode anzeigt. Ich darf dir auch nicht verhehlen, meine teure Laurette, daß bei ihr eine allzu große Menge von angestautem Saft, wenn er in ihr Blut zurückflösse, Verwüstungen anrichten würde oder daß er, wenn er in den Teilen stockte, die ihn von den übrigen Säften trennen, faulen oder den Blutkreislauf vergiften könnte; sie wäre vielleicht Schäden ausgesetzt, die ebenso gefährlich sind wie die der Ermattung: Blähungen, Ohnmachten, hysterischen Anfällen und anderem. Sieht man nicht schlimme Beispiele dafür in gewissen Klöstern, wo despotisch die Scheinheiligkeit herrscht und wo nichts den unglücklichen Eingeschlossenen Erleichterung schafft, die nicht auf den Gedanken kommen, umzukehren?

Der klösterliche Wahnwitz ist auf die Idee verfallen, einen Aufguß aus Seerosen oder Salpeter in die Getränke zu mischen, um den Neigungen einer zu wachen Natur zu wehren; doch nach einer gewissen Zeit verlieren diese Mittel ihre Wirkung oder zerstören die Organisation des Magens und die Gesundheit jener Gefangenen so sehr, daß sie in der kurzen Zeit, die ihnen noch zu leben bleibt, plötzlich weißen Ausfluß, Schwächeanfälle, Beklemmungen und innere Schmerzen bekommen. Es gibt sogar Stätten, in denen die Torheit so weit getrieben wird, daß auch Zöglinge diese Behandlung erdulden müssen, und häufig verlassen sie diese Häuser entweder altersschwach oder hysterisch oder außerstande, ihre Art fortzupflanzen, entweder weil ihr Samen zerstört wurde oder infolge der Schlaffheit, in welche jener Brauch die Kräfte der Natur und die Lebensgeister gestoßen hat, und eben das bedenken die Eltern, die ihre Kinder lieben, nicht genug.

Wisse außerdem, meine liebe Laura, daß in einem bestimmten Alter die Leidenschaft zu erlöschen beginnt, was bei den einen früher als bei den anderen eintritt, aufgrund der unterschiedlichen Verteilung und Beschaffenheit der Säfte, die in uns sind, oder einer Verringerung der Empfindungsfähigkeit der Organe: der Samen, der dann ins Blut zurückströmt, verwandelt sich in Fettleibigkeit, die zuweilen durch die völlige Unterdrückung der Ergüsse ungeheure Ausmaße erreicht, und solche Individuen sind nicht nur unfähig zur geschlechtlichen Vereinigung, sondern sogar gleichgültig ihr gegenüber, und verstehen fast nicht mehr, wie man überhaupt dafür empfänglich sein kann.

Doch in dem Alter, liebes Kind, wo der Überfluß sich anzuzeigen beginnt, wo das Feuer des Gemüts eine heiße Glut ist, schadet man, wenn man sich ihrer mit der gebotenen Vorsicht entledigt, keineswegs seiner Gesundheit oder Schönheit, sondern erhält sich im Gegenteil die eine wie die andere in all ihrer Kraft und Frische. Freilich gibt es, geliebte

Laura, durchaus einen Unterschied in der Wahl der Mittel: eine Frau wird in den Armen eines Mannes von dem Unterschied des Geschlechts weit mehr erregt, wieviel mehr noch im Maße der Zuneigung, die sie für ihn empfindet! Ihre Erregung erwacht sogar schon beim bloßen Nahen und durch die Berührung einer Person, die ihr gefällt; ihre Einbildungskraft und Natur erwachen leichter und unter weniger Mühen, als wenn sie sich selber jene wollüstigen Empfindungen verschaffte. Vielleicht beurteilst du nun das Verhalten besser, das ich dir und Lucette gegenüber zeige...« –
»Nun, lieber Papa, denn diesen Namen werde ich Ihnen immer geben, so stichhaltige Gründe muß ich anerkennen, und ich begreife Ihre Umsicht; aber wie alt muß ich sein, damit Sie mit mir dasselbe tun wie mit ihr? Dieser Augenblick fehlt zu meinem Glück, damit ich Ihre Wünsche alle zu erfüllen und sie in Ihrem ganzen Ausmaß zu befriedigen vermag.« –
»Warte ab, liebes Mädchen, bis die Natur unmißverständlich zu unseren Gunsten spricht. Deine Brüste sind noch nicht ganz und gar ausgebildet; der Flaum, der die Lippen deiner kleinen Möse bedeckt, ist noch zu zart; kaum hat er seine ersten Blüten getrieben; warte, bis er etwas kräftiger wird: aber dann, geliebte Laurette, Kind meines Herzens, will ich von

deiner Zärtlichkeit jenes Geschenk empfangen; du wirst mich die Blume pflücken lassen, die ich heute heranziehe; doch warten wir, bis jener glückselige Augenblick gekommen ist. Glaube jedoch nicht, liebe Tochter, daß ich dich dann ganz und gar dir selber überlassen werde. Bei einer kräftigen Konstitution mag dieser Augenblick genügen, auch wenn es dennoch geboten ist, sich zu schonen; doch bei einem zarten Gemüt muß die Vorsicht noch sehr viel größer sein, und man sollte bis zum Alter von siebzehn oder achtzehn Jahren, wenn die Frauen ihre volle Kraft erreicht haben, die Triebe bezwingen, die sie verspüren mögen, sich den Reizen der Wollust hinzugeben.«

Alles, was er mir sagte, Eugenie, grub sich tief in mein Gedächtnis ein; seine Rede schien mir überaus begründet zu sein, und die Bereitwilligkeit, mit der er jede meiner Fragen ungeschminkt beantwortete, ermutigte mich dazu, ihm weitere zu stellen. Lucette, die beim erstenmal, da ich sie überraschte, so tief und fest geschlafen hatte, war noch immer ein Geheimnis für mich, das ich zu ergründen suchte; eines Tages schließlich bat ich ihn, mir den Grund zu verraten: »Warum, lieber Papa, schlief Lucette so fest an jenem ersten Tage, als Sie ihre Brüste entblößten und alles mit ihr anstellten, was Sie wollten, ohne daß sie erwachte? War dieser Schlaf gespielt oder wirklich?« – »Sehr wirklich, liebe Laura; doch das ist mein Geheimnis: soll ich es dir verraten? Ja, denn dieses Beispiel könnte dir von Nutzen sein, um dich vor Ähnlichem zu bewahren. Ich gestehe, daß mich die Begierde seit langem peinigte; ich war des öfteren sehr erregt in deiner Gegenwart und konnte mir keine Befriedigung verschaffen. Da kam Lucette, sie gefiel mir und schien auf jede erdenkliche Weise zu mir zu passen, doch als ich sah, daß sie zurückschreckte und sich unschlüssig war, ob sie sich meinen Wünschen beugen solle, traf ich meine Entscheidung: ich tat etwa fünfzehn bis zwanzig Tropfen eines Schlaftrunks in das Likörglas, das ich ihr reichte; die Wirkung hast du gesehen; doch gab ich mich damit nicht zufrieden; mir bangte vor dem Augenblick ihres Erwachens, und ich fürchtete, daß Überraschung und Zorn sie allzu heftig werden ließen. Um das zu vermeiden, hatte ich im voraus ein Gemisch hergestellt, das fähig ist, die Sinnlichkeit zu erhöhen: man nennt dies einen Liebestrank. Als ich sie in mein Bett getragen hatte, nahm ich zwei oder drei Tropfen davon in meine Hand und rieb ihren ganzen Hügel damit ein, ihre Klitoris und den Raum zwischen ihren Schamlippen. Diese Flüssigkeit hat auch die Eigenschaft, einen geschwächten Mann zu erregen und ihn geil zu machen, wenn er sich damit den Damm und alle Teile einreibt, kurz bevor er den Kampfplatz betritt. Lucette lag noch keine Stunde im Bett, als sie erwachte: sie empfand einen Kitzel, ein Glühen, eine Leidenschaft, die nicht zu stillen war. Sie schien nicht überrascht, mich in ihren Armen zu sehen; sie schlang sie um mich und widersetzte sich nicht meinen Liebkosungen und Begierden, sondern war ganz im Gegenteil so erregt von den ihrigen, daß sie ihre Knie von selber spreizte und ich bald darauf die lebhaftesten Freuden genoß, an denen ich sie teilhaben ließ; doch da ich auf die Folgen achtete, die daraus erwachsen konnten, zog ich mich in dem Augenblick zurück, wo ich fühlte, daß die Wollust gleich einer Flamme herauszuschießen bereit war, und ich überflutete ihren Hügel und ihren Bauch mit dem Opfertrank, den ich auf dem Altar verströmte, dem nun all meine Wünsche galten.

Seit jenem Tag hat sich Lucette immer meinem Willen gefügt, und nur ihr Entgegenkommen, meine Unachtsamkeit und deine Neugier, die ich bei deinem Alter nicht vermutete, ist daran schuld, daß du dieses Geheimnis entdeckt hast. Sie weiß nicht, was ich dir soeben erzählt habe, und du darfst mein

Vertrauen nicht mißbrauchen.« — »Sie können beruhigt sein, lieber Papa, doch fahren Sie fort, ich bitte Sie darum, und erzählen Sie mir alles. Fürchten Sie nicht, ihr ein Kind zu machen, wenn Sie sich nicht immer rechtzeitig zurückziehen? hat man das stets in seiner Gewalt? wird man nicht zuweilen von der Lust übermannt, und vermindert die Furcht vor den Folgen nicht ihre Kraft?« — »Ach, liebe Tochter, wohin versteigt sich nicht deine Wißbegier? Ich sehe wohl, daß ich nichts vor dir verbergen kann. Wen ich dich nicht vor allen Unfällen bewahrte, wäre es sicherlich eine Torheit, dich aufzuklären, doch bei dir habe ich nichts zu befürchten, und dein Verstand ist deinem Alter weit voraus.

Wisse denn, daß der Samen, der nicht in die Gebärmutter eindringt, nichts zu erzeugen vermag und daß er nicht dorthin gelangen kann, wenn man das ihr eigentümliche Saugen abbricht. Daher meinen viele Frauen, daß sie den Samen durch eine innere Bewegung in dem Augenblick zurückstoßen müßten, wo sie ihren Geliebten auf dem Höhepunkt der Lust wähnen; doch mögen sie auch diese Unbefangenheit besitzen, so dürfen sie doch die Lust nicht mit ihm teilen — welch harte Entbehrung! Und dabei ist nichts weniger sicher. Einige Männer meinen, daß nichts zu befürchten sei, wenn sie sich kurz vor dem Eingang zurückzögen, aber sie täuschen sich, denn die Gebärmutter ist eine gierige Pumpe; außerdem gibt es Männer, die von ihren lustvollen Empfindungen mitgerissen werden und nicht Herr darüber sind, sich rechtzeitig zurückzuziehen: die Besorgnis, die Angst vor den Folgen vermindern gewöhnlich das Vergnügen; doch ein Mittel, in das man das größte Vertrauen setzen darf, ist das, das ich bei Lucette verwende: es verleiht die Freiheit, sich sorglos jedem Taumel und dem Feuer der Leidenschaft hinzugeben. Ich forderte also deine Erzieherin schon am ersten Tage, da du uns entdeckt hast, dazu auf, sich vor Beginn unserer Umarmungen mit einem weichen Schwämmchen zu versehen, durch das ein dünner Seidenfaden läuft, mit dem man es wieder herausziehen kann. Man tränkt diesen Schwamm mit Wasser, das mit einigen Tropfen Branntwein vermischt wird; man setzt ihn vor dem Eingang der Gebärmutter ein, um diese zu verschließen, und sollte es vorkommen, daß die winzigen Geister des Samens dennoch durch die Poren des Schwämmchens dringen — die darin befindliche fremde Flüssigkeit zerstört, sobald sie sich mit ihr vermischt haben, ihre Kraft und Eigentümlichkeit. Bekanntlich reicht sogar die Luft aus, um dem Samen seine Wirksamkeit zu nehmen. Somit ist es unmöglich, daß Lucette Kinder bekommt.«—»Ich hatte, lieber Papa, die Nützlichkeit dieses Schwämmchens bereits geahnt, doch wollte ich gerne eine Erklärung dafür haben, und die, die Sie mir gegeben haben, befriedigt mich vollauf.«—»Ich gestehe, teure Laurette, daß sie meiner Zuneigung zu dir entstammt; sie ist ein Bekenntnis, das ich dir nicht abzulegen gedachte, vor allem nicht in so zartem Alter: dergleichen Geheimnisse sind dazu angetan, die Schamhaftigkeit gar mancher Mädchen zu verscheuchen, welche die Furcht vor den Folgen meist zurückhält.« Ich habe diese Erfindung, wo sie nottat, nie vergessen. Ich erzählte dir, geliebte Eugenie, schon einmal von diesem förderlichen und wohltätigen Hilfsmittel, in das du, dich auf meine Erfahrungen stützend, so viel Vertrauen setztest, daß du dich der Zärtlichkeit und dem Verlangen deines Geliebten hingeben konntest.

Dergestalt verlief ein Teil der Unterhaltungen, die wir während unserer Vergnügungen, unserer Liebkosungen und der anderen Belehrungen führten, die er mir mit viel Geschick und ohne Mühe angedeihen ließ. Vielerlei Bücher gingen durch meine Hände, keines wurde ausgelassen, doch lenkte er meinen Geschmack auf solche, die von den Wissenschaften handelten, soweit sie meinem Geschlecht dienlich sein konnten. Ich möchte dir eine Kostprobe und einen kurzen Abriß davon geben, und zwar in einem Gebiet, über das ich ihn häufig befragt hatte. »Kannst du, liebe Laura, dir einen Endpunkt in der Unendlichkeit vorstellen, die unsere Erde umgibt? Verlege ihn so weit weg, wie deine Einbildungskraft irgend reicht: wie unvorstellbar fern bist du dann noch immer vom Ziel! Was erfüllt deiner Meinung nach diesen unermeßlichen Raum? Elemente, deren Natur und Zahl wohl immer unbekannt bleiben werden; wir können niemals wissen, ob es vielleicht nur ein einziges Element gibt, dessen Veränderungen unseren Augen und unserem Denken als jene erscheinen, die wir wahrnehmen, oder ob ein jedes dieser Teilchen eine Wurzel hat, die nur ihm allein eignet und sich nicht in eine andere verkehren läßt. Bei einer so vollständigen Unkenntnis der Natur der Dinge, mit denen wir Tag für Tag umgehen, mutet es lächerlich an, daß die Menschen die Zahl jener Elemente festgelegt haben: nichts zwar ist der beschränkten Sphäre ihrer Gedanken würdiger, aber wenn man sie so reden hört, scheint es, als hätten sie den Vorkehrungen des großen ordnenden Wesens beigewohnt. Doch mögen es nun ein oder mehrere Elemente sein, das Zusammentreten ihrer Teile bildet die Körper und vereint sie zu einer sehr großen Zahl von Kügelchen aus Feuer und Materie, die dem befangenen Blick leblos zu sein scheint. Wofür hältst du jene glitzernden Punkte, die wir unter dem Namen Sterne kennen? Nun, meine Tochter, es sind riesige Feuerkugeln, unserer Sonne ähnlich, dazu bestimmt, einer Vielzahl von Erdkörpern Licht, Wärme und Leben zu schenken, und eine jede ist vielleicht ebenso bevölkert wie der unsrige. Manche glauben, sie stünden dort oben, um uns des Nachts zu erleuchten: ihre Eigenliebe bezieht alles nur auf uns. Und wozu nützen uns wohl diese Kugeln, wenn die Luft von Wolken oder Nebeln verdunkelt wird? Viel eher scheint der Mond diesem Zwecke zu dienen; er erleuchtet uns, wenn die Sonne verschwunden ist, sogar durch den Nebel hindurch, der häufig unseren Horizont überzieht, und dennoch liegt darin nicht seine einzige Bestimmung: wir können nicht einmal mit Gewißheit behaupten, er sei keine Welt, dessen Bewohner ihrerseits an unserer Existenz zweifeln und vielleicht töricht genug sind, sich einzubilden, als einzige die Herrlichkeit des Himmels zu genießen; vielleicht sind sie aber auch scharfsichtiger, einfallsreicher als wir oder mit besseren Sinnesorganen ausgestattet und in der Lage, die Dinge gesünder zu beurteilen. Die Planeten sind Erdkörper wie der unsere, wahrscheinlich bevölkert mit Pflanzen und Tieren, die sich von denen, die wir kennen, unterscheiden, denn nichts in der Natur ist sich gleich.

So besehen und bei dieser unendlichen Zahl von Materiekugeln – was wird da aus unserer Erde? ein Punkt unter zahllosen anderen; und wir, Ameisen, die auf dieser Kugel verstreut sind, was sind wir denn, um uns als Grundmuster, als Mittelpunkt und Endziel zu verstehen, in dem die vorgeblichen Wahrheiten zum Ausdruck kommen, die uns schon an der Wiege vorgesungen werden?«

Auf diese Weise etwa versuchte mein Vater tagtäglich, meinen Geist mit philosophischen Eindrücken zu prägen. Eines Tages fragte ich ihn: »Welches ist jenes Wesen, das alles erschaffen hat und das, wie ich meine, alle jene Begriffe, die man mir von ihm gegeben hat, sehr schlecht definieren?« Und er sagte: »Dieses herrliche Wesen ist unbegreiflich; wir fühlen es, ohne es zu erkennen; es verlangt, daß wir ihm Ehrfurcht entgegenbringen; es verachtet unsere Spekulationen. Sollte es mehrere Elemente geben, so entstammen sie seinen Händen; es hat sie erschaffen kraft seines

Willens, und so ist es die Seele des Universums; und gibt es nur ein Element, so kann es nur dieses Wesen selbst sein. Kennen wir die Grenzen seiner Macht? Kann es nicht sein, daß es ihm freisteht, sich in die Materie zu verwandeln, die wir sehen und deren Wesen wir nicht kennen? Und wenn er etwas einmal hat erschaffen können, kann er das nicht in alle Ewigkeit tun? Genug für heute, liebes Kind; wenn du älter sein wirst, werde ich alles tun, was in meinen Kräften steht, um die Schleier zu enthüllen, welche die Wahrheit verdecken.«

Mein Vater gab mir auch Bücher über Moral zu lesen, deren Prinzipien wir gemeinsam durchleuchteten, jedoch nicht unter dem gemeinen Gesichtspunkt, sondern unter dem der Natur. In der Tat muß man sie nach den von ihr diktierten Gesetzen betrachten, die in unseren Herzen zum Ausdruck kommen. Mein Vater führte sie alle auf ein einziges Prinzip zurück, dem alle übrigen äußerlich sind: *tue für andere das, was du willst, daß man für dich tue,* wenn sich die Möglichkeit dazu bietet, und *tue anderen nichts an, was du nicht willst, daß man dir antue.* Du siehst, meine Liebe, daß diese Wissenschaft, von der soviel gesprochen wird, sich immer nur auf die menschliche Gattung bezieht, und wenn sie auch nichts an sich selber ist, so ist sie doch immerhin unserem Glücke nützlich.

Romane waren fast gänzlich aus meinem Blickfeld verbannt, und er lehrte mich, in fast allen von ihnen eine recht allgemeine Ähnlichkeit hinsichtlich der Anordnung, der Auffassungen und des Ziels zu sehen, abgesehen von kleinen Unterschieden des Stils, der Begebenheiten und bestimmter Figuren. Einige indessen wurden von dieser Regel ausgenommen. Bereitwillig gab er mir solche zu lesen, deren Gegenstand ein moralischer war. Nur wenige der anderen schildern die Männer und Frauen in ihren wirklichen Farben: sie werden vielmehr von ihrer schönsten Seite dargestellt. Oh, meine Liebe, wie weit ist dieser Schein doch von der Wirklichkeit entfernt: betrachtet man die einen wie die anderen etwas näher — welch ein Unterschied! Ich schöpfte aus Reiseberichten sowie den Sitten fremder Völker eine Art Bildung, die mich die Menschheit im allgemeinen schätzen lehrte, so wie überhaupt die Gesellschaft die feinen Unterschiede in den Charakteren erkennen läßt.

Die Geschichtsbücher, die mich über die alten Sitten und Gebräuche sowie über die verschiedenen Vorurteile unterrichteten, die nacheinander die Erde verdunkelt haben, waren ein Ausgleich. Die Werke unserer besten Dichter sorgten für die Unterhaltung, der ich am meisten zuneigte, und ich grub sie voller Eifer in mein Gedächtnis ein.

Eines Tages drückte mir mein Vater ein neu erschienenes Buch in die Hand und empfahl mir, darüber nachzudenken: »Lies es, meine liebe Laurette; dieses Werk entstammt der Feder eines Genies, von dem du fast alles kennst, was bisher von ihm veröffentlicht wurde, und manches Stück von ihm weißt du auch auswendig; er verbindet einen gehobenen, anmutigen, angenehmen und leichten, nur ihm eigenen Stil mit tiefen Gedanken. Zadig*, mit seinen Händen geschmückt, wird dich in Form eines allegorischen Märchens lehren, daß kein Ereignis im Leben eintritt, über das wir frei bestimmen könnten.

Wie sehr wir auch durch unsere Eigenliebe und Eitelkeit verblendet sind, für einen wachen und besonnenen Geist ist es eine unabänderliche und greifbare Wahrheit, daß alles miteinander zusammenhängt und einer festen Ordnung gehorcht; unvorhergesehene Umstände lenken die Gedanken und Handlungen der Menschen; ferne und oft nicht erkennbare Ursachen ziehen sie in eine Richtung, die ihnen fast immer als von ihrem Wil-

* Voltaire, *Zadig, ou la Destinée* (1747).

len abhängig erscheint; sie meinen, daß sie selbst sie bestimmen, während doch alles sie dorthin drängt, ohne daß sie es bemerkten. Von der Natur rühren sogar die äußeren Formen, der Charakter und die Sinnesart her, die dazu beitragen, daß sie die Rolle zu erfüllen vermögen, die sie zu spielen haben und die in den Ratschlüssen des ewigen Bewegers vorgezeichnet ist.

Wenn sich gewisse Ereignisse voraussagen lassen, so einzig mit Hilfe eines scharfen, durchdringenden Blicks auf die Kette jener Umstände, eine Kette, die wir nicht zu ändern vermögen und die von unbezwingbarer Stärke ist, selbst im Unglück. Der Weiseste ist derjenige, der sich in den natürlichen Lauf der Dinge zu schicken weiß.

Was dich betrifft, geliebte Laura, so weiß dein fügsamer Geist sich allem zu beugen; deine Gelehrigkeit macht dich glücklich, trotz der Fesseln, die deiner Freiheit angelegt wurden. Du kostest die Freuden aus, die du dir selber schaffst, ohne dich über jene zu beunruhigen, die dir fehlen.«

Ich wurde älter und stand am Ende meines sechzehnten Lebensjahres, als meine Lage sich veränderte; meine Formen begannen sich deutlicher abzuzeichnen: meine Brüste hatten an Umfang gewonnen; ich bewunderte, wie sie täglich runder wurden. Jeden Tag zeigte ich Lucette und meinem Vater die Fortschritte; ich ließ sie meine Brüste küssen und ihre Hände darauflegen und wies sie darauf hin, daß diese sie schon fast ausfüllten; kurz, ich gab ihnen tausend Anzeichen meiner Ungeduld: ohne Vorurteile erzogen, hörte ich allein auf die Stimme der Natur. Diese Spiele reizten und erregten meinen Vater lebhaft; ich bemerkte es: »Du glühst, lieber Papa; komm...«; und ich legte ihn in die Arme von Lucette. Ich selber war nicht weniger erregt, genoß jedoch ihre Lust. Wir beide, Lucette und ich, lebten in der innigsten Eintracht; sie liebte mich ebensosehr wie ich sie; für gewönlich schlief ich bei ihr, und ich tat es immer, wenn mein Vater abwesend war. Ich erfüllte seine Rolle, so gut ich konnte; ich umarmte sie, saugte an ihrer Zunge, an ihren Brüsten; ich küßte ihren Hintern, ihren Bauch, ich liebkoste ihren hübschen Hügel; ich rieb sie, und meine Finger vertraten häufig das Glied, das ich ihr nicht bieten konnte, und versetzten sie in jene wollüstigen Agonien, in denen sie zu sehen mich entzückte. Mein heiteres Wesen hatte sie eine Zuneigung zu mir fassen lassen, die ich dir, meine Liebe, nur nach der deinen zu beschreiben vermag. Oftmals hatte sie mich, wenn wir uns streichelten, in heftiger Erregung gesehen, und in solchen Augenblicken versicherte sie mir, daß sie mit Sehnsucht jenen Augenblick erwarte, da sie mir gefahrlos die gleichen Freuden bereiten könne, wie ich sie ihr gewährte. Sie wünschte, mein Vater hätte schon den Weg geebnet, auf dem sie sprießen: »Ja, meine liebe Laura«, sagte sie mir, »wenn dieser Moment gekommen sein wird, wollen wir ein Fest aus ihm machen; ich erwarte ihn voller Ungeduld. Doch, liebe Freundin, ich glaube zu bemerken, daß er nicht mehr ferne ist: deine aufblühenden Brüste sind schon beinahe ausgebildet; deine Glieder runden sich; dein Hügel wird prall; er hat sich schon über und über mit einem zarten Rasen überzogen; deine kleine Möse ist von bewundernswerter Röte, und an deinen Augen meine ich zu entdecken, daß die Natur den Wunsch hegt, dich bald im Rang der Frauen zu sehen. Im Frühling des letzten Jahres erlebtest du das Vorspiel eines Ausbruches, der nun bald sich ganz vollziehen wird.«

In der Tat fühlte ich kurz darauf, daß ich schwerer wurde, ein Druck im Kopf sich bemerkbar machte, meine Augen an Glanz verloren, daß ich Schmerzen im Rücken und ungewöhnliche Leibkrämpfe bekam. Nach acht oder zehn Tagen schließlich fand Lucette die

Gondel voller Blut; mein Vater zog sie mir nicht wieder an; er hatte meine Lage schon vorausgeahnt; ich war darauf vorbereitet. Etwa neun Tage hielt dieser Zustand an, wonach ich wieder ebenso fröhlich wurde und mich einer ebenso strahlenden Gesundheit erfreute wie zuvor.

Wie glücklich war ich über dieses Ereignis! Ich wußte mich nicht zu lassen, ich umarmte Lucette: »Meine liebe Freundin, wie selig werde ich nun sein!« Ich flog meinem Papa an den Hals, bedeckte ihn mit meinen Küssen: »Bin ich nun endlich an dem Punkt angelangt, an dem du mich haben wolltest? Wie wohl wäre mir, wenn ich deine Begierde wecken und sie befriedigen könnte! Mein Glück ist es, ganz und gar nur dir zu gehören; meine Liebe und meine Zärtlichkeit stimmen mich froh...« Er schloß mich in seine Arme, er hob mich auf seine Knie. Oh, wie stürmisch erwiderte er meine Liebkosungen! Er preßte meine Brüste, küßte sie, saugte an meinen Lippen, seine Zunge streichelte die meine; mein Hintern, meine kleine Möse – alles war seinen glühenden Händen ausgesetzt: »Ja, endlich ist er gekommen, süße und geliebte Laura, jener glückliche Augenblick, da deine und meine Zärtlichkeit sich im Schoße der Wollust vereinen werden; noch heute werde ich dich entjungfern und die Blume pflücken, die soeben erblüht ist; und ich werde sie deiner Liebe verdanken, und dieses Gefühl deines Herzens macht sie mir unendlich wertvoll. Doch du mußt wissen, daß, wenn die Lust unseren Umarmungen und Verzückungen folgen soll, der Augenblick, der mich in den Besitz dieser bezaubernden Rose bringt, dich einige Dornen wird fühlen lassen, die dir Schmerz bereiten werden.« — »Gleichviel! laß mich leiden, schlage mich blutig, wenn du willst! kein Opfer ist mir zu groß für dich; deine Lust und deine Wonne sind das Ziel meiner Wünsche.«

Feuer brannte in unseren Augen; die gute Lucette, die mithelfen wollte, das Blut des Opfers zu vergießen, legte nicht weniger Eifer an den Tag, als wenn sie selbst der Opfernde gewesen wäre. Sie hoben mich hoch und trugen mich in eine Kammer, die sie während der Zeit meines Zustandes hergerichtet hatten. Das Tageslicht war völlig aus ihr verbannt: ein mit blauem Satin überzogenes Bett stand in einer mit Spiegeln ausgestatteten Nische. Die durch blaue Gazeschleier gedämpften Lichter vereinigten sich auf einem kleinen feuerroten Satinkissen, das in der Mitte lag und den Stein bildete, auf dem sich die Opferung vollziehen sollte. Lucette legte bald alle Reize bloß, die ich von der Natur erhalten hatte; sie schmückte ihr Opfer absichtlich nur mit feuerroten Bändern, die sie mir um die Oberarme und die Taille schlang, gleich einer neuen Venus. Mein Kopf, bekränzt nur mit seinen langen Haaren, trug keinen anderen Putz als ein Band derselben Farbe, die sie zurückhielt. Ich warf mich selber auf den Altar.

Wieviel Schmuck ich auch zuvor getragen haben mochte – nun, nur mit meiner Schönheit angetan, fand ich mich weitaus hübscher; ich betrachtete mich in den Spiegeln mit wachsendem Wohlgefallen und Genugtuung. Meine Haut war von strahlendem Weiß; meine kleinen, noch so jungen Brüste richteten sich auf: zwei vollendet gerundete Halbkugeln, geschmückt mit zwei kleinen rosafarbenen Knospen; ein heller Flaum verdunkelte einen hübschen prallen Hügel, der, leicht geöffnet, die Spitze der Klitoris preisgab, die aussah wie die Spitze einer Zunge zwischen zwei Lippen; sie versprach Wonne und Lust. Eine schmale, wohlgeformte Taille, ein zierlicher Fuß, darüber ein schlankes Bein und rundliche Schenkel, ein Hintern, dessen Backen leicht gerötet waren, Schultern, ein Hals, eine bezaubernde Rückenlinie und die Frische einer Hebe. Dies waren die Lobreden, die Lucette und mein Vater um die Wette auf meine Person hielten. Ich schwamm in der Freude und Trunkenheit des Selbstgefühls. Je anmutiger ich mir selber vorkam, desto mehr fanden auch sie es und desto entzückter war ich darüber, daß dieser meinem Herzen so teure Papa an allem, was ich vorzuweisen hatte, so großen Gefallen fand. Ich besah und bewunderte mich; seine Hände, seine heißen Lippen berührten alle Teile meines Körpers; beide glühten wir wie zwei junge Liebende, die bisher nur auf Hindernisse gestoßen waren und die nun endlich den Lohn für ihr langes Warten und ihre Liebe ernten dürfen.

Ich wünschte sehnlichst, ihn in dem Zustand zu sehen, in dem ich selber mich befand; ich bedrängte ihn heftig; bald war es soweit: Lucette entledigte ihn all seiner Kleider; er legte mich auf das Bett, mit dem Popo auf dem Kissen. Und ich hielt jenes heilige Messer in der Hand, das sogleich meine Jungfernschaft verletzen sollte. Dieser Schwanz, den ich leidenschaftlich streichelte, ähnlich dem Stachel einer Biene, besaß eine Härte, die dazu angetan war, mir zu beweisen, wie kraftvoll er die Rose durchdringen würde, die er mit soviel Sorgfalt gepflegt und behütet hatte. Ich brannte vor Begierde; meine kleine Möse stand in Flammen und verlangte nach jenem kostbaren Schwanz, den ich alsbald auf den Weg brachte. Wir hielten uns umschlungen, fest aneinander gepreßt; unsere Münder, unsere Zungen verschlangen einander. Ich merkte, daß er mich schonte, doch indem ich meine Beine über seinen Hintern legte und ihn kräftig drückte, ließ ich ihn mit einem Ruck meines Leibes soweit eindringen, wie er nur konnte. Der Schmerz, den ich empfand, sowie der Schrei, der mir entwich, verkündeten seinen Sieg. Lucette, die nun ihre Hand zwischen uns schob, rieb mich, während sie mit der anderen mein Arschloch kitzelte. Der mit Lust vermischte Schmerz, die Bewegungen seines Schwanzes und das fließende Blut lösten eine unaussprechliche Wollust in mir aus. Ich rang nach Atem, ich verging; meine Arme, meine Beine, mein Kopf sanken herab; ich war nicht mehr ich selbst. Ich schwelgte in jenen unermeßlichen Empfindungen, denen man kaum gewachsen ist. Welch betörender Zustand! Bald wurde ich ihm durch erneute Zärtlichkeiten entrissen; er küßte mich, saugte an mir, drückte meine Brüste, meinen Arsch, meinen Hügel; er hob meine Beine in die Luft um des Vergnügens willen, meinen Arsch und meine Möse aus einem anderen Blickwinkel zu besichtigen und die Verwüstungen zu betrachten, die er angerichtet hatte. Sein

Schwanz, den ich in der Hand hielt, seine Hoden, die Lucette streichelte, gewannen bald ihre Festigkeit wieder; und abermals drang er in mich ein. Der Weg war nun gebahnt, und wir verspürten, sobald er in mir war, nur noch Entzücken. Die immer noch liebevolle Lucette begann von neuem ihr Kitzeln, und wieder fiel ich in jene wollüstige Apathie, die ich soeben erfahren hatte.

Mein Vater, stolz über seinen Sieg und bezaubert von dem Opfer, das mein Herz ihm dargebracht hatte, nahm das Kissen, das unter mir lag und von dem Blut befleckt war, das er hatte fließen lassen, und preßte es mit der Behutsamkeit und der Leidenschaft des allerzärtlichsten Liebhabers an sich wie eine Trophäe. Bald wandte er sich wieder uns zu: »Liebe Laura, geliebtes Mädchen, Lucette hat deine Freuden vermehrt; ist es nicht recht und billig, sie mit ihr zu teilen?« Ich warf mich an ihren Hals und hob sie auf das Bett; er nahm sie in seine Arme und legte sie neben mich. Zuerst hob ich ihre Röcke hoch und entdeckte, daß sie ganz naß war: »Wie erregt du bist, meine Liebe; ich möchte dir einen Teil der Lust, die ich empfunden habe, zurückgeben.« Ich nahm die Hand meines Papas und steckte ihr einen seiner Finger hinein, den er auf und ab bewegte, und rieb sie. Es dauerte nicht lange, und sie fiel in eben jene Ekstase, aus der ich soeben kam.

Ach, liebe Eugenie, wie voller Zauber war jener Tag für mich! Ich gestehe es dir, zärtliche Freundin, es war der schönste meines Lebens und der erste, an dem ich die Wonnen der Wollust in ihrem höchsten Maße kennengelernt habe. Noch heute gedenke ich seiner mit einem Gefühl der Zufriedenheit, das ich dir nicht zu beschreiben vermag, aber zugleich auch mit schmerzhafter Beklemmung. Muß es denn sein, daß diese Erinnerung, die mir soviel Lust und Freude bereitet, zugleich das bitterste Weh hervorruft! Verscheuchen wir schnell dies meine Seele so traurig stimmende Bild.

In jener Kammer herrschte eine behagliche Wärme; ich fühlte mich so wohl in meinem Zustand, daß ich nichts anziehen wollte; ich war von ausgelassener Fröhlichkeit: ich gedachte, nur mit meinen Reizen angetan zu speisen. Die vorsorgliche Lucette hatte alle Bediensteten aus dem Haus entfernt und einen dichten Schleier über die Boshaftigkeit ihrer Blicke geworfen. Sie war so gefällig, selber aufzutragen und alles vorzubereiten, was nottat, und sie verschloß sorgfältig alle Türen. Ich war unglücklich darüber, daß ich sie nicht in eben den Zustand versetzt hatte, in dem wir uns befanden; und ich hieß sie alles von sich werfen, was sie auf dem Leib hatte; sie sah bezaubernd aus. Wir setzten uns zu Tisch. Mein Vater saß zwischen uns, und beide wetteiferten wir mit unseren Liebkosungen, die er uns reichlich erwiderte. In den Spiegeln wiederholten sich diese liebreizenden Szenen; unsere Gunstbezeigungen und Haltungen wurden durch die Funken eines köstlichen Weines belebt, und bald verspürten wir die Wirkungen seiner Kraft und unserer Berührungen. Unsere Mösen glühten; sein Schwanz war wieder hart und steif geworden. In einem so erregten, so zwingenden Zustand mißfiel uns die Tafel; wir rannten, wir flogen auf das Bett. An jenem Tag, der nur mir allein gewidmet war, stürzte ich erneut in die Wonnen der höchsten Wollust; er legte sich zu meiner Linken nieder, wobei er seine Schenkel unter die meinen schob, die leicht erhoben waren; stolz stand sein Schwanz vor dem Eingang. Lucette legte sich auf mich, mein Kopf war zwischen ihren Knien; ihre hübsche Möse befand sich vor meinen Augen; ich öffnete sie, kitzelte sie, streichelte ihren Arsch, der sich in die Luft streckte; ihr Bauch streifte über meine Brüste, ihre Schenkel ruhten zwischen meinen Armen. Alles erregte uns, alles schürte die Flamme der Begierde; sie zog die Lippen meiner kleinen tiefroten Möse auseinander. Ich bat sie, mir das Schwämmchen einzuführen, damit mein Vater sich sorglos meiner erfreuen und sich in mir verströmen könne. Meine Möse war sehr empfindlich und schmerzte mich: sobald man daran rührte, litt ich Qualen, dennoch ertrug ich diese unerquicklichen Empfindungen in der Hoffnung, daß ich in Bälde angenehmere haben würde. Lucette führte den Schwanz meines Vaters auf den Weg, den sie von allen Gefahren befreit hatte und der nur noch mit Blumen besät war: er stürzte darauf zu, stieß hinein, gleichzeitig rieb sie mich, und ich erwies ihr denselben Dienst, während sein Finger in der Möse meiner Erzieherin die gleichen Bewegungen vollführte wie sein Schwanz in der meinen. Diese Abwechslungen, diese Stellungen, diese Vielfalt von Empfindungen beim Nahen der Lust erhöhten unsere Wonnen um ein Mehrfaches. Wir fühlten, wie sie zu uns kam, doch zugleich uns zu entfliehen drohte, wie der funkelnde Blitz unseren Blicken entgeht, doch kosteten wir zumindest ihr ganzes Ausmaß in einer ergötzlichen Vernichtung, deren Süße und Zauber nur empfunden werden kann. Wir wurden allmählich müde. Lucette erhob sich, schuf überall Ordnung, und sobald sie zurück war, legten wir uns ins Bett, einer in des anderen Armen, und verbrachten eine Nacht, die dem allerherrlichsten Tag vorzuziehen war.

Ach, liebe Eugenie, warum geht die Phantasie stets über die Wirklichkeit hinaus, die unserem Glück genügen sollte? Ich glaubte, daß jeder Tag mit demjenigen wetteifern werde, der mir so viel Entzücken bereitet hatte; doch mein Vater, der aufmerksamer war, vielleicht zartfühlender, und stets auf meine Gesundheit bedacht, forderte mich am nächsten Tage auf, jenes mißliche Beinkleid wieder anzulegen: »Meine liebe Laurette, ich möchte dir nicht verhehlen, daß ich dir und uns allen mißtraue. Dein Körper ist noch nicht ausgebildet genug, als daß ich dich dir selber überlassen könnte, und du bist mir zu teuer, als daß ich dich nicht mit all der mir zu Gebote stehenden Sorgfalt zu schonen versuchte; dennoch wirst du dich unserer Liebkosungen erfreuen dürfen, und wirst uns selbst solche angedeihen lassen; ungehindert sollst du an unseren Vergnügungen teilhaben, und von Zeit zu Zeit werden wir dir eine ebensolche Nacht bereiten, und du wirst sie um so mehr zu schätzen wissen, als du sie mit Ungeduld erwartest. Kurz, wenn du mir zu Gefallen sein willst, beuge dich meinen Wünschen und füge dich willig darein.« Dies war ein sicheres Mittel, mich diese Gefangenschaft nicht als unerträglich betrachten zu lassen. Glaube auch nicht, meine Liebe, daß Eifersucht im Spiele war; bald wirst du dich vom Gegenteil überzeugen können. Ich ließ es also geschehen. Oh, liebe Eugenie, wie gut ist es mir darob ergangen!

Schon etwa neunzehn Monate waren vergangen seit jenem glücklichen Abend, den ich dir soeben beschrieben habe, als ich mit ansehen mußte, daß Lucette von uns ging. Ihr Vater, der in der Provinz lebte, rief sie zu sich; eine gefährliche Krankheit gab ihm den sehnlichen Wunsch ein, sie vor seinem Tode noch einmal zu sehen. Ihre Abreise bereitete uns große Schmerzen; unsere aufrichtigen Tränen vermischten sich mit den ihren; ich konnte mein Schluchzen nicht zurückhalten, das nur durch die Hoffnung und den Wunsch, den sie bekundete, sobald wie möglich zurückzukehren, zu stillen waren. Doch kurz nach dem Tod ihres Vaters verfiel sie in eine schwermütige Krankheit, von der sie sich nur langsam erholte; sie dauerte mehr als zwei Jahre. Ihr Vater hatte ihr ein gewisses Vermögen hinterlassen, das sie in ihrer Gegend begehrt machte: sie wollte jedoch von niemandem etwas wissen; sie fand, wie sie in ihren Briefen schrieb, einen so großen Unterschied zwischen meinem Vater und all denen, die bei ihr vorstellig wurden, daß sie sich darob empörte; von keinem Heiratsangebot wollte sie etwas hören, und sie sehnte sich lediglich danach, zu uns zurückzukehren. Dennoch, von ihrer Mutter und ihren anderen Verwandten bedrängt, die ihr die Vorteile schilderten, die ihr daraus erwachsen würden, sowie aufgrund der Tatsache, daß ihre kranke Mutter auf sie angewiesen war, willigte sie schließlich ein, allerdings erst, nachdem sie meinen Vater um Rat gebeten hatte, in den sie das größte Vertrauen setzte. Da die Partie, die sich ihr bot, in der Tat sehr vorteilhaft war, glaubte er sich aufgrund seiner Prinzipien verpflichtet, ihr zuzuraten, was er nur mit Widerwillen tat. Wiederholt hatte er mir versichert, daß er ihr Unglück vorausahne, diesem Gefühl aber nicht nachgeben wolle, da er es für eine Schwäche halte. Sie starb an den Folgen ihrer ersten Niederkunft.

Oft beklagte ich die Abwesenheit von Lucette, die ich für mich verloren glaubte, doch tröstete ich mich in den Armen meines lieben und zärtlichen Vaters. Ich hatte inzwischen jenes mißliche Kleidungsstück, das ich so oft verdammt hatte, ganz und gar abgelegt, doch Lucettes Krankheit, welche Ursachen sie auch haben mochte, verlieh den Ratschlägen, die er mir bereits gegeben hatte, sowie den neuen, die er mir zukommen ließ, größeren Nachdruck und veranlaßte ihn, mich weit schonender zu behandeln, als er es ihr gegenüber getan hatte, indem er mich spüren ließ, wie sehr dies bei meiner zarten Gesundheit erforderlich war. Ich beugte mich seinen Argumenten um so leichter, als ich das größte Vertrauen zu ihm hatte. Da er mich nur selten verließ und ich immer bei ihm schlief, wachte er über mich und hielt mich oft zurück, wenn ich meinen Begierden allzu leidenschaftlich nachgehen wollte.

Seit der Abreise von Lucette hatte er in seiner Wohnung mehrere Änderungen vorgenommen: man konnte nur noch durch sein Zimmer in das meine gelangen; in seinem Bereich hatte er den Anschein von Strenge verbreitet, worüber wir zuweilen herzlich lachten. Unsere Betten standen an derselben Wand, die er hatte durchbrechen lassen, und in die doppelten Zwischenwände unserer Alkoven hatte er Schiebetüren anbringen lassen, die sich mittels einer Feder öffnen ließen, deren Mechanismus nur uns bekannt war. Jeden Abend übergab er den Schlüssel zu meinem Zimmer einer Frau, die er an Lucettes statt eingestellt hatte und die wir stets nur als Dienstbotin behandelten. Doch wenn uns nichts mehr belästigen konnte, glitt ich durch die Schiebetür, legte mich in seine Arme und erfreute mich eines sanften und ruhigen Schlafs, den mir diese glücklichen Nächte verschafften.

In einer dieser reizvollen Nächte ließ er mich eine neue Art von Vergnügen kosten, von dem ich noch keine Ahnung hatte und das ich nicht nur ebenso wunderbar fand, sondern das mir auch zu den erregendsten zu gehören schien. »Meine liebe Laurette, teures Kind, du hast mir deine erste Blume geschenkt, doch besitzt du noch eine weitere Jungfernschaft, die du mir nicht verweigern darfst noch kannst, wenn ich dir noch immer teuer bin.« – »Oh, und ob du mir teuer bist! Was besitze ich denn, lieber Papa, worüber du nicht nach Herzenslust verfügen könntest und das nicht dir gehörte? Glücklich bin ich, wenn ich alles tun kann, was zu deiner Befriedigung beizutragen vermag, mein ganzes Glück beruht nur darauf!« – »Göttliches Mädchen, du bezauberst mich! Die Natur und die Liebe haben sich zusammengetan, um deine Anmut zu formen; überall in dir wohnt die Wollust; sie zeigt sich in tausenderlei Gestalt in allen Teilen deines Körpers; bei einer schönen Frau, die man verehrt und die es einem vergilt, ist alles – Hände, Mund, Achselhöhlen, Brüste,

Arsch — eine Möse!« — »Nun denn! wähle, du bist der Herr, und ich füge mich all deinen Wünschen.« Und er drehte mich auf die linke Seite, meine Arschbacken ihm zugewandt, und indem er mein Arschloch sowie die Spitze seines Schwanzes anfeuchtete, ließ er ihn sanft dort hineingleiten. Nachdem die Schwierigkeiten des Eindringens überwunden waren, eröffnete sich uns ein neuer Weg voller Freuden, und mit seinem erhobenen Knie mein Bein stützend, rieb er mich und steckte von Zeit zu Zeit den Finger in meine Möse.

Dieses Kitzeln von allen Seiten war weit stärker und wirkungsvoller; als er merkte, daß der Augenblick gekommen war, da ich den Höhepunkt der Erregung verspürte, beschleunigte er seine Bewegungen, die ich durch die meinen unterstützte. Ich fühlte, wie sich in der Tiefe meines Arsches eine brennende Flut ergoß, die bei mir einen ausgiebigen Orgasmus hervorrief; ich empfand eine unaussprechliche Wollust; alle empfindlichen Stellen wirkten dabei mit: meine Verzückungen waren ein überzeugender Beweis, doch verdankte ich sie einzig und allein jenem bezaubernden, spitzen, entblößten und nicht zu dicken Schwanz eines Mannes, den ich verehrte: »Welch betörendes Vergnügen, geliebte Laurette! Und du, schöne Freundin, was sagst du dazu? Nach der Lust zu urteilen, die du gezeigt hast, muß sie groß gewesen sein!« — »Ach, lieber Papa, unendlich, neu, unbekannt, ich vermag ihre Wonnen nicht zu schildern, und meine Empfindungen waren stärker als alle, die ich bisher verspürt habe.« — »Wenn dem so ist, geliebtes Kind, will ich dir ein andermal noch größere Wonnen bereiten und gleichzeitig einen Godmiché verwenden. Auf diese Weise werde ich das Ypsilon des Heiligen Vaters verwirklichen.« — »Papa, was ist denn ein Godmiché?« — »Das wirst du sehen, Laura, doch mußt du noch einen Tag warten.«

Am nächsten Tag sprach ich von nichts anderem; ich wollte dieses neue Instrument unbedingt kennenlernen; ich drängte ihn so sehr, daß er schließlich gezwungen war, es mir zu zeigen. Und es setzte mich in Erstaunen. Ich wollte, daß er es noch am selben Tag mit mir ausprobierte, doch er vertröstete mich auf den nächsten. Ich möchte mit dir, meine Liebe, dasselbe tun, was mein Vater damals mit mir tat; ich werde es dir an Hand einer anderen Szene beschreiben, da wir jenes Ding in Gebrauch nahmen. Ich habe dir schon einmal voll Begeisterung davon erzählt, und ich bedaure, es nicht zur Hand gehabt zu haben bei unseren Liebkosungen, wo ich so gerne die Rolle eines zärtlichen Liebhabers bei dir gespielt hätte. Doch ich werde es gewiß nicht vergessen, wenn ich wiederkomme, um in deinen Armen Trost zu suchen.

Trotz den zeitlichen Abständen, die er zwischen unser Vergnügen legte, gab es keine Art der Abwechslung, die er nicht anwandte, um ihnen neue Reize zu verleihen. Es fiel mir um so leichter, sie zu genießen, als ich ihn mit aller Leidenschaft liebte, deren ich fähig war. Manchmal legte er sich auf mich, und sein Kopf lag zwischen meinen Schenkeln und der meine zwischen seinen Knien; mit seinem offenen, glühenden Mund bedeckte er die Lippen meiner Möse und saugte an ihnen. Er stieß seine Zunge zwischen sie; mit ihrer Spitze kitzelte er meine Klitoris, während er mit dem Finger oder dem Godmiché in mich drang und mich naß machte. Und ich saugte an der Spitze seines Schwanzes, ich preßte sie mit den Lippen, kitzelte sie mit meiner Zunge, ich nahm ihn sogar ganz in mich auf, ich hätte ihn verschlingen mögen! Ich streichelte seine Hoden, seinen Bauch, seine Schenkel, seine Arschbacken. Alles ist voller Lust, Zauber und Wonne, liebe Freundin, wenn man sich so zärtlich, so leidenschaftlich liebt.

So verlief das herrliche und süße Leben, das ich seit der Abreise meiner geliebten Erzieherin genoß. Seither waren schon acht oder neun Monate vergangen, die mir sehr schnell zu entfliehen schienen. Die Erinnerung an Lucette und ihren Zustand waren die einzigen Wolken, welche die schönen Tage trübten, die ich damals verlebte und die durch tausenderlei Vergnügungen bereichert wurden, und es folgten ihnen Nächte, die mich noch weit mehr interessierten. Meine ganze Befriedigung und Seligkeit bestand darin, diese Wolken zu zerstreuen, um jeden Augenblick, den ich in seinen Armen verbringen durfte, zu nutzen – in den Armen jenes zärtlichen und gütigen Vaters, den ich mit Küssen und Liebkosungen überschüttete. Er war nur mir zugetan, meine Seele war der seinen verbunden; ich liebte ihn in einem Maße, das ich nicht zu beschreiben vermag.

Doch, liebe Eugenie, was wirst du von deiner Freundin halten, wenn sie dir etwas gesteht, das du noch nicht weißt? Welch neue Szenerie wird vor dir erstehen und welches Urteil kann man über sich selbst abgeben? Zu welchen Torheiten verleitet uns nicht die schwärmerische Einbildungskraft? Wer ist denn verantwortlich für ihre Launen und ihre Natur? Wenn das Herz sich stets gleich bleibt, wenn es von immer denselben Gefühlen erfüllt ist, wie kommt es dann, daß uns ein heftiges Verlangen, oft nur nach einem eitlen Phantom, das wir uns selber schaffen, über das Ziel hinausschießen läßt, an dem wir innehalten müßten, und uns sehr viel weiter treibt, als wir gehen dürften? Ich bin ein anschauliches Beispiel dafür. Darf ich dir dieses Geständnis machen? Ja, nichts will ich vor der Freundin meines Herzens verbergen; ich erröte weniger darüber, es dir zu sagen, als jener Torheit nachgegeben zu haben. Ein Umstand wird sie dir ganz und gar enthüllen und dir zugleich die Güte, die Sanftmut, das lebhafte Interesse meines Vaters für mich, seinen Rechtssinn, seine Seelenstärke, seine Zuneigung und seine Großmut vor Augen führen. Dieser Umstand ließ mich mehr denn je erkennen, wie sehr er meiner Liebe würdig war; und sein Bild wird immerdar mein Herz erfüllen und nur mit meinem Leben daraus entschwinden.

In dem Haus, in dem wir wohnten, fristete auch eine fromme Dienstbotin ihr Leben, die Witwe war und alt und ihre Zeit nur dann gut genutzt wähnte, wenn sie den größten Teil des Tages damit zubrachte, in Kirchen zu rennen. Sie hatte drei Kinder: der Älteste, lasterhaft im wahrsten Sinn des Wortes, suchte stets nur schlechte Gesellschaft — kaum kannten wir ihn vom Sehen — und verschleuderte das Erbe seines Vaters. Sein jüngerer Bruder war nur wenige Monate über sechzehn Jahre alt, als er das Gymnasium verließ, um zu seiner Mutter zurückzukehren. Er war ein hübscher, liebreizender Knabe, immer guter Dinge und von sanftem Charakter. Er hatte eine entzückende Schwester, die bald fünfzehneinhalb Jahre alt wurde. Stell dir, liebe Eugenie, eine kleine Brünette vor, mit frischem Teint, lebhaften Augen, einer Stupsnase, einem hübschen tiefroten Mund, einer geschmeidigen Taille, lieblich anzuschauen, von ausgelassenem närrischen Wesen, und zudem noch sehr verliebt, doch zartfühlend und zugleich verschwiegen in dem, was sich auf ihr Vergnügen bezog. Alle Tage scherzte sie über die Reden, die ihre brave frömmelnde Mutter ihr zuweilen hielt. Acht oder neun Monate nach Lucettes Abreise hatte ich insbesondere mit ihr Bekanntschaft geschlossen und bei dieser Gelegenheit auch die ihres jüngeren Bruders gemacht. Sie besuchten mich häufig, und es verging kaum ein Tag, an dem wir nicht beisammen waren. Ihrer Mutter gefiehl dies um so mehr, als sie mich tagtäglich ihrer Tochter als Vorbild hinstellte. Allerdings war ich von Natur aus und durch die Erziehung, die mein Vater mir gegeben hatte, weitaus zurückhaltender als sie. Meinst du nicht auch,

Eugenie, daß, wenn hierzulande schon die Liebe unseren Ruf verdirbt, daß dann die Fahrlässigkeit in der Wahl und im Verhalten vollends zu seiner Schädigung beiträgt? Vor allem jene eitle Koketterie, jenes ungezwungene Gebaren, das auf nichts gründet und häufig nicht sehr weit geht; während eine Heuchlerin, eine Frömmlerin, eine Frau, die den Schein zu wahren versteht, ihren Ruf rettet, indem sie ihr Leben unter dem Schleier des Geheimnisses genießt! Doch wenn sie schon diese Scheinheiligkeit zur Schau tragen, so tun sie gut und noch besser daran, wenn sie so vorsichtig sind, ihre Zunge im Zaum zu halten, und nicht den Lebenswandel anderer bekritteln — eine Zurückhaltung, welche die Neugierigen wie die Beteiligten von weiteren Nachforschungen abhält. Noch einmal: nicht durch die Handlung als solche richten wir uns zugrunde, sondern einzig durch unser Betragen und eine schlechte Wahl.

Ich merkte bald, daß mein Vater die beiden aufmerksam beobachtete: er prüfte Vernol und seine Schwester. Er sagte mir, daß Rosa mehr wisse, als ihre Amme ihr beigebracht habe, und daß sie, wenn sie auch in bezug auf die Lust und den Genuß weniger Kenntnisse besitze als ich (was er bezweifle), immerhin sehr begabt sei, mehr darüber zu lernen, und daß ich sie, falls ich neugierig auf ihr Wissen wäre, auf die Probe stellen könne. Die Scherze, in die ich sie seither verwickelte, versetzten mich in die Lage, zu demselben Urteil zu gelangen. Über Vernol hingegen äußerte er sich kaum.

Meine Talente hatten sich vervollkommnet: als Musikerin, die feinfühlig die Harfe zu zupfen, geschmackvoll zu singen und geistreich zu rezitieren verstand, hatte ich eine gesellige Runde gebildet, in die ich Rosa und Vernol aufnahm. Bald fand er hier die Gelegenheit, mich die Leidenschaft, die er zu mir gefaßt hatte, erkennen zu lassen. Ständig suchte er meine Nähe; an Vorwänden fehlte es ihm nie. Seine Gebärden waren lebhaft, voller Aufmerksamkeit, Fürsorge, Liebenswürdigkeit; alles sagte mir, was er nicht auszusprechen wagte; ich bemerkte es, und als ich keinen Zweifel mehr darüber hatte, teilte ich es scherzhaft lächelnd meinem Vater mit. »Laura, ich habe es vom ersten Augenblick an geahnt; seine Augen, seine Hautfarbe werden lebhafter, wenn er in deiner Nähe ist; seine zuweilen verwirrte Miene, sein ganzes Verhalten verrät es. Nun! meine Tochter, jetzt, da du von seiner Liebe zu dir weißt, was empfindest du für ihn?« Das hatte ich mich noch nicht gefragt, und da ich im Glauben war, für

Vernol nur jenes Gefühl zu hegen, das man Freundschaft nennt, sprach ich auch in diesem Ton von ihm. Doch ein Lächeln meines Vaters, der mich fragte, ob das alles sei, genügte, um mich in mich selbst zu versenken, und darüber nachdenkend erkannte ich bald, daß Vernols Gegenwart mich anregte und daß etwas fehlte, wenn er einmal nicht mit seiner Schwester zu uns kam, denn ohne es zu merken, fragte ich Rosa mit einer Art Unruhe, was denn aus ihrem Bruder geworden sei. Ich konnte nicht begreifen, wie ich einer solchen Laune hatte nachgeben können, mit der mein Herz so wenig einverstanden war. Freilich bezauberte mich seine Gestalt, und seine Sanftmut und Aufmerksamkeit vermehrten noch deren Reize.

Am Gesicht meines Vaters war leicht festzustellen, daß er in mir entdeckt hatte, was ich mir selber noch nicht eingestehen mochte; eine Zeitlang sprach er nicht mehr davon. Ich liebte ihn noch immer mit der gleichen oder mit noch größerer Kraft, wenn das überhaupt möglich war; meine Bewunderung für ihn und meine Zuneigung ließen nicht nach; als Kind der Natur und der Wahrheit waren mir Listen und Verstellungen fremd. Es wird behauptet, wir Frauen seien von Natur aus falsch: ich glaube, daß diese Falschheit anerzogen ist. Kurz, ich fühlte mich fähig, alles für diesen teuren, zärtlichen Vater aufzuopfern, und faßte den Entschluß, den Nachstellungen und Aufmerksamkeiten jenes hübschen Knaben aus dem Wege zu gehen. Es war mir nicht möglich, die Empfindungen, die ich Vernol gegenüber hegte, mit den Gefühlen meines Herzens, das für meinen teuren Vater schlug, in Einklang zu bringen, doch die Verfassung, in der ich mich befand, ließ mich in der Folge den Unterschied zwischen jenen so verschiedenen Regungen, die ich verspürte, erkennen. Du, liebe Eugenie, wirst dir den Unterschied nur mit Mühe vorstellen können; man muß ihn erfahren haben, um ihn zu verstehen. Mein Vater wollte in Erfahrung bringen, wie weit er bei mir ausgeprägt sei, und versicherte sich dessen, indem er mich auf eine Probe stellte, auf die ich nicht gefaßt war: »Laura, einige deiner derzeitigen Freunde bereiten mir Kummer; es wäre mir lieb, wenn du weder Rosa noch ihren Bruder wiedersehen würdest.« Ich schwankte nicht einen Augenblick und warf mich an seinen Hals, umarmte ihn, drückte ihn an meine Brust: »Mit Freuden willige ich ein, lieber Papa; ich bitte dich sogar inständig, daß wir diesen Ort verlassen oder daß du mich aufs Land bringst. Ich wäre nicht mehr in der Lage, mit ihnen zusammenzusein. Fahren wir gleich morgen ab, ich bin bereit.« In der Tat rannte ich los, um meine Koffer zu packen; ich war schon mitten in den Vorbereitungen, als er mich zurückrief. Er nahm mich auf seine Knie und sagte, mich küssend: »Liebe Laurette, ich freue mich über deine Zärtlichkeit und deine Zuneigung; deine trockenen Augen beweisen mir, daß es dir nicht schwerfällt, mir ein Opfer zu bringen. Gestehe es mir, ich bitte dich darum, öffne mir dein Herz, denn zweifellos gründet dein Entschluß nicht auf der Furcht, zu der du wohl auch keinen Anlaß hast.« Wahrhaftig und aufrichtig, wie ich war, versuchte ich nicht, irgend etwas zu verhehlen: »Nein, in keiner Weise, lieber Papa, schon seit langem ist keinerlei Furcht vor dir in meine Seele mehr gedrungen; einzig das Gefühl leitet mich. Ich gebe zu, daß Vernol in meiner Phantasie eine Illusion geweckt hat, eine Laune, die ich mir nicht zu erklären vermag, aber mein Herz, das voll ist von dir, schwankt keinen Augenblick zwischen euch beiden: ich mag ihn nicht mehr sehen.« — »Nein, liebes Kind, nein, ich wollte nur die Art deiner Gefühle für mich kennenlernen. Vernol erregt in dir Empfindungen, die deine Einbildungskraft noch verstärkt; du sollst sie genießen und auf diese Weise das ganze Ausmaß meiner Zärtlichkeit kennenlernen; du sollst spüren, daß du nicht aufhören kannst, mich zu lieben, und mehr will ich gar nicht; eifersüchtig bin ich nur auf dein Herz, dessen Besitz mir so teuer ist.« Diese Rede verwirrte mich; ein Lichtstrahl kam und zerstreute den Nebel meiner betörten Phantasie; ich fiel ihm zu Füßen, in Tränen gebadet, und mein Busen wogte; ich küßte seine Hände, die ich mit meinen Tränen benetzte; vor lauter Schluchzen konnte ich mich kaum in Worte fassen: »Süßer Papa, ich liebe dich, ich bete dich an, nur du allein bist mir teuer; meine Seele, mein Herz, alles ist voll von dir!« Er war von meinem Schmerz betroffen; er hob mich auf, drückte mich an sich und bedeckte mich mit seinen Küssen: »Beruhige dich, geliebtes Kind; glaubst du, ich kennte die Natur und ihre unbezwingbaren Gesetze nicht? Ich bin nicht ungerecht. Nur aus Erfahrung, aus Vergleichung und der allergrößten Zuneigung, welche allein Zärtlichkeit und Freundschaft erzeugen, möchte ich von dir geliebt werden. Es ist nun an der Zeit, daß du die Unterschiede erkennen lernst. Ich habe versprochen, daß du dich mit Vernol ergötzen darfst: unerschütterlich in meinen Grundsätzen, beständig in meinen Meinungen, werde ich Wort halten. Zudem ist er ein hübscher, wohlgestalter, liebenswürdiger Junge, das muß ich ihm lassen, und wenn du jenes Begehren ihm gegenüber nicht verspürt hättest, könnte jemand anderes es in dir ausgelöst haben, der es vielleicht noch weniger verdiente; deshalb habe ich meinen Entschluß gefaßt.« Seither fühlte ich mich weit weniger zu Vernol hingezogen, und wenn ich mich auf all das eingelassen habe, meine Liebe, was du gleich hören wirst, so nur aufgrund einer Willfährigkeit meinem teuren Vater gegenüber, sowie aus Neugierde und einer erregten Sinnlichkeit, der Ursache meiner Begierde. Ich verbrachte die Nacht in den Armen meines Vaters; am nächsten Morgen, inmitten der Küsse, die ich ihm beim Erwachen gab, sagte er: »Laurette, heute mußt du Rosas Mutter aufsuchen; bewege sie dazu, daß ihre Tochter mit dir einen Tag auf dem Lande verbringen darf; sage ihr auch, sie möge sich keine Sorgen machen, falls sie nicht am gleichen Abend zurückkäme, daß du sie möglicherweise erst am nächsten Morgen zurückbringen könntest. Wir werden uns damit entschuldigen, daß wir keinen Wagen zur Hand gehabt hätten, und du wirst sie bis morgen hierbehalten. Wenn du mit ihr alleine bist, wirst du herausfinden können, wie sie denkt und was sie weiß; sie scheint Vertrauen zu dir zu haben und dir freundschaftlich gesinnt zu sein. Sobald du weißt, woran du mit ihr bist, berichte es mir...« Ich dachte zuerst, daß er Absichten auf sie habe; das genügte, daß ich bereitwillig, ohne weitere Überlegung, auf seine Vorstellungen einging und in alles einzuwilligen gedachte, was er vorhatte. Ich ahnte bereits, daß Rosa ebenso oder fast ebenso erfahren war wie ich selbst. Alles verlief wie geplant. Sie kam, und als die Türen für jedermann verschlossen waren, verbrachten wir den Tag ganz allein mit allen erdenklichen Verrücktheiten. Ich neckte sie auf hunderterlei Weise; sie gab es mir überreichlich zurück. Ich entblößte ihre Brust, ich ließ meinen Vater ihre Brüste küssen; ihr Popo, ihr Hügel, ihre Möse mußten meine Schäkereien über sich ergehen lassen; ich hielt sie in meinen Armen, damit er ihr ein Gleiches tue; sie lachte, flatterte umher, und wenngleich sie sich bei jeder neuen Mutwilligkeit ein wenig zierte, ließ sie sich doch alles gefallen; ihr Teint rötete sich, und ihre Augen sprühten. Es kam das Abendessen, bei dem ich sie nicht schonte: ich goß ihr Glas immer wieder voll, ich schürte das Feuer, das sie bereits verzehrte. Nach Tisch setzten wir unsere Narrheiten fort, sie leistete keinen Widerstand mehr; ich warf sie mit dem Gesicht nach unten auf das

Sofa; ich hob ihre Röcke, und ihr entblößter Hintern bot uns ein Bild, das mein Vater mit einem letzten Pinselstrich hätte vervollkommnen können; er half mir, mich für all den Schabernack zu rächen, den sie ihrerseits mit mir getrieben hatte. Ich wollte wissen, welche Wirkung diese Spiele bei ihr auslösten; ich entdeckte, daß sie ganz naß war, und vermutete, daß sie unser närrisches Treiben nicht übel genossen hatte. Schließlich begaben wir uns, Rosa und ich, in mein Zimmer und schickten uns an, ins Bett zu gehen. Sobald sie mich im Hemd sah, riß sie mir dieses vom Leibe; ich zahlte es ihr mit gleicher Münze heim; sie zog mich ins Bett; sie küßte mich, sie nahm meine Brüste, meinen Hügel in ihre Hände. Alsbald legte ich meinen Finger dorthin, wo ich wohl sah, daß sie ihn haben wollte; ich täuschte mich nicht: sie spreizte die Schenkel und gab meinen Bewegungen nach. Ich wollte noch mehr erfahren; ich ließ meinen Finger in ihre Möse gleiten, und die Leichtigkeit, mit der er eindringen konnte, gab mir Aufschluß über den Gebrauch, den sie bisher mit ihr gemacht hatte. Ich wollte von ihr wissen, auf welche Weise sie ihre Jungfräulichkeit verloren hatte. Ich schickte mich gerade an, sie auszufragen, als mein Vater in das Zimmer trat und uns küßte, bevor er sich niederlegte. Mit einem Ruck schlug Rosa die Decke zurück; er war nicht darauf gefaßt, uns beide völlig nackt und unsere Hände im Mittelpunkt der Wollust liegen zu sehen. Sie schlang die Arme um seinen Hals, zog ihn zu sich und hieß ihn meine Brüste küssen; auch ich blieb nicht müßig; ich gab ihm die ihren zu küssen; ich führte seine Hand über ihren ganzen Körper und ließ sie auf ihrem Hügel verweilen. Er geriet in Eifer, doch verließ er uns plötzlich, indem er uns viel Spaß wünschte.

Die Uhr zeigte bereits die zehnte Stunde, als er am nächsten Morgen in mein Zimmer kam. Er weckte uns durch seine Liebkosungen und Küsse und fragte, ob wir eine angenehme Nacht verbracht hätten. »Wir waren noch lange wach, nachdem du uns verlassen hast; du hast ja gesehen, in welcher Stimmung wir uns befanden.« Rosa, die unsere Spiele beruhigt und der Schlaf erfrischt hatten, errötete und legte ihre Hand auf meinen Mund; ich schob sie zurück: »Nein, Rosa, nein, niemals wirst du mich davon abhalten können, meinem Vater alles zu erzählen, was wir getan haben und was du mir berichtet hast. Ich verberge nichts vor ihm, er besitzt mein volles Vertrauen, und auch das deine darf nicht geringer sein.« Und so ließ sie mich fortfahren, indem sie Arme und Beine um mich schlang: »Als du uns verlassen hast, kam Rosa, die schon heftig erregt war, zu mir und küßte mich auf den Mund und saugte an meiner Brust; sie zog mich auf sich, wir verschränkten unsere Schenkel; unsere Mösen rieben sich aneinander; meine Brüste ruhten auf den ihren, mein Bauch lag auf dem ihren. Sie bat mich um meine Zunge, und mit der einen Hand streichelte sie meinen Popo, mit der anderen kitzelte sie meine Klitoris und forderte mich durch das Spiel ihres Fingers dazu auf, ihr nachzueifern. Ich legte ihn dorthin, wo sie ihn voller Ungeduld erwartete, und bald verspürten wir die Wonnen solcher Belustigungen, und ich durfte meinen Finger nicht eher herausziehen, als bis sie die Lust zu vier Malen unter unglaublichen Verzückungen genossen hatte.«

Während ich unsere Possen berichtete, hatte Rosa, von diesen Bildern von neuem erhitzt, ihre Hand zwischen meine Schenkel geschoben und wiederholte, was ich erzählte. Sofort begriff ich, was sie wollte; wir waren noch immer nackt. Ich entblößte sie, nahm die Hand meines Papas, die sich all dessen bemächtigte, was vor ihr lag; er trug nur einen Morgenrock, der sich durch seine Bewegungen etwas geöffnet hatte; ein deutlicher Vorsprung und der Hügel, den sein Hemd bildete, ließen mich die Wirkungen erkennen, die diese Liebkosungen bei ihm auslösten. Ich machte Rosa darauf aufmerksam und forderte sie auf, ihm jenes Kleidungsstück auszuziehen und ihn zu uns zu holen. Sie erhob sich ohne Zögern, warf sich an seinen Hals, entkleidete ihn augenblicklich, umschloß ihn mit ihren Armen und zog ihn zu uns ins Bett. Rosa, die auf den Rücken gefallen war, spreizte die Schenkel; ich hob eines ihrer Beine über ihn, und er schob das andere zwischen die seinen. Durch diese Stellung befand sich sein Schwanz auf ganz natürliche Weise vor ihrer Möse; ich schickte ihn eigenhändig auf den Weg; sie eilte dem Zauber entgegen, der sie entführte, und mit einem Ruck ihres Hinterns erleichterte sie dem Gott, den sie anbetete, den Eintritt in den Tempel. Ich rieb sie, sie beschleunigte den Lauf durch die Bewegungen, die sie beisteuerte; und ihre stürmische Begeisterung ließ uns die grenzenlose Lust erraten, die sie empfand. Meinen Vater, der spürte, wie gierig sie an seinem Schwanz saugte, hielt es nicht länger; schnell zog er ihn heraus und verströmte unter Mitwirkung meiner Hand die Flüssigkeit, die er nicht in die Möse von Rosa ergießen wollte, die in der Zeit, in der er in ihr war, nach eigenem Bekunden fünfmal die Wonnen der Lust verspürt hatte. Ihr Bauch ward überflutet von dem Strahl, der sich über sie ergoß und bis zu ihren Brüsten spritzte.

Während ich jene verschiedenen Dienste verrichtete, hatte sie sich meiner Möse bemächtigt und kitzelte sie; dieses kleine Spiel, in Verbindung mit der Erregung, in die mich ihre Lust versetzte, weckten in mir ein heftiges Verlangen. Nun wollte auch ich das Feuer löschen, das mich verzehrte; sie bemerkte es, und indem sie sich zu meiner Linken legte, nahm sie die Hand meines Vaters und führte einen Finger ein, den er in mir bewegte, und mit Hilfe eines ähnlichen Spiels, wie ich es bei ihr angewandt hatte, trug Rosa mit dazu bei, mich der süßen Wonnen teilhaftig werden zu lassen, die wir ihr verschafft hatten und deren Nachwirkungen sie noch immer verspürte während des Liebesdienstes, den sie mir erwies.

Als wir wieder ruhiger geworden waren, sagte ich: »Hör zu, lieber Papa, du wunderst dich vielleicht über Rosas Geschicklichkeit; ich selbst war nicht minder erstaunt darüber; ich habe sie gebeten, mir zu erzählen, woher ihre Kenntnisse stammen. Ich werde dir diese Geschichte wiederholen; doch nein, du sollst sie aus ihrem eigenen Munde hören, und ich wünschte, sie wäre dazu bereit; was du soeben mit ihr getan hast, versetzt sie in die Lage, dir nichts zu verbergen und dir alles anzuvertrauen, was sie mir schon erzählt hat.« Die Küsse, die Liebkosungen trugen das Ihre dazu bei, sie zu überreden: sie willigte ein. »Nun denn! es sei, und da ich Laurette bereits eingeweiht habe, brauche ich nichts mehr zu befürchten; die Lust, die wir gemeinsam genossen haben, bringt mich zu der Überzeugung, daß Sie es doch von ihr erfahren würden; mein Vertrauen gründet sich auf dasjenige, das Sie mir entgegenbringen, und kommt meinen Wünschen entgegen. Es ist also besser, wenn ich Ihnen alles selber erzähle.«

ROSAS GESCHICHTE

Ich war zehn Jahre alt, als meine Mutter mich zu ihrer Schwester schickte, die in der Provinz lebte und bei der ich über sechs Monate verbrachte. Sie besaß nur eine Tochter, die mindestens sechs Jahre älter war als ich. Bis dahin hatte ich immer nur zurückgezogen bei meiner Mutter gelebt, deren Frömmelei es keiner Menschenseele gestattete, sich uns zu nähern, und da meine Brüder auf dem Gymnasium waren, war ich immer allein oder allenfalls mit meiner Mutter in der Kirche; ich kannte mich noch nicht, aber ich langweilte mich sehr. Viel lieber besuchte ich noch die Kirchen, als zu Hause zu bleiben. Denn wenngleich sich meine Mutter meistens in die hintersten Winkel verkroch, so konnte ich doch, zumindest verstohlen, einige menschliche Gestalten sehen, die meine Blicke auf sich zogen. Schon lange hatte meine Mutter meiner Tante versprochen, mich zu ihr zu schicken, ich wünschte dies um so sehnlicher, als ich wußte, daß sie meiner Mutter nicht ähnlich war. Ein besonderer Umstand führte die endgültige Entscheidung herbei. Mein älterer Bruder war von den Pocken bedroht, und sie ließ mich so schnell wie möglich ziehen. Meine Tante und meine Cousine empfingen mich mit tausenderlei Zeichen der Freundschaft. Schon am ersten Tag wünschte Isabelle, daß ich bei ihr schliefe. Ich weiß nicht, ob sie es nicht bald bereute, weil ihr dies in der ersten Zeit einen gewissen Zwang auferlegte. Dennoch umarmte sie mich des Abends, bevor wir einschliefen, und ich gab ihr am nächsten Morgen ihre Liebkosungen zurück. Nachdem die ersten vierzehn Tage verstrichen waren, schien mir der Zwang geringer zu werden, und des Abends streifte sie unsere Hemden hoch, um ihren Popo an den meinen zu drücken.

Eines Nachts, als ich nicht so schnell einschlafen konnte wie gewöhnlich und sie in tiefen Schlaf versunken wähnte, spürte ich, wie sie leise den Arm bewegte; ihre linke Hand lag auf meinem Schenkel; ich hörte sie keuchen; sanft bewegte sie ihr Hinterteil. Schließlich seufzte sie tief auf, wurde ruhig und schlief ein. Ich war über all dies sehr verwundert und fürchtete, da ich nichts begriff, ihr könnte etwas Ungewöhnliches zugestoßen sein; doch als ich sie am nächsten Morgen wieder frisch und fröhlich sah, verflog meine Besorgnis. Seit jenem Tag bemerkte ich, daß sie jeden Abend ihr Treiben wiederholte, von dem ich noch immer nichts begriff; doch es dauerte nicht lange, bis ich die Bedeutung erfuhr.

Meine Tante hatte eine Kammerzofe von höchstens zwanzig Jahren. Isabelle schloß sich häufig mit ihr in deren Zimmer ein. Justine konnte vollendet sticken, und meine Cousine ging bei ihr in die Lehre. Sie wünschte dabei nicht von mir gestört zu werden, weil ich sie, wie sie sagte, hindern würde, die gewünschten Fortschritte zu machen. Ich ging anfangs in diese Falle, die aber nicht unbedingt eine solche war, da sie in der Tat die Nadel zu führen lernte. Gekränkt, nicht als Dritte im Bunde aufgenommen zu werden, und da ich zwischen ihnen ein gewisses Einvernehmen zu erkennen glaubte, wurde meine Neugier wach. Die Neugier der Mädchen ist ein quälender Dämon: sie müssen ihr einfach nachgeben, ihr erliegen!

Eines Tages, als ich allein zu Hause war – meine Tante war mit Isabelle ausgegangen, und Justine hatte diese Gelegenheit benutzt, ein Gleiches zu tun –, schlich ich mich in ihr Zimmer, um herauszufinden, ob es nicht ein Mittel oder eine Öffnung gebe, von der aus ich entdecken könnte, was darin wohl vorginge. Ich bemerkte in dem Alkoven, in dem Justines Bett stand, eine Tür, die zu öffnen mir durch vieles Rütteln gelang und die in ein dunkles Zimmer führte, das fast bis an die Decke mit alten Möbeln angefüllt war. Es gab nur einen schmalen Gang, der zu einer weiteren Tür führte, durch die man eine geheime Treppe erreichte; diese ging in einen kleinen Hof, von dem man in eine einsame, abgelegene Gasse gelangte.

Meine Tante wähnte diesen Teil des Hauses wahrscheinlich verschlossen; doch wenn sie auch die Schlüssel dazu verwahrte, so hatte Justine jedenfalls ein Mittel gefunden, den Durchgang zu ermöglichen. In dieser Art Möbelkammer befand sich in Höhe des Bettes eine Öffnung in der Wand, die wohl dazu dienen sollte, dieser Kammer Licht zu spenden, denn sie lag den Fenstern von Justines Zimmer genau gegenüber; doch da die Verwendung der Kammer eine solche Vorkehrung unnötig machte, war die Öffnung von dem Wandteppich verdeckt worden, mit dem Justines Zimmer ausgeschlagen war. Ich entdeckte diese Öffnung, kletterte auf die Möbel und suchte nach einem Loch in dem Teppich. Es gab auch tatsächlich ein solches, doch da es nicht groß genug war, nahm ich eine Schere und schnitt es so groß, daß man das ganze Zimmer überblicken konnte, insbesondere das Bett, an das ich damals noch kaum dachte. Entzückt, dieses Mittel gefunden zu haben, und in der Absicht, es mir zunutze zu machen, zog ich mich schnell wieder zurück und schloß die Tür. Mir war aufgefallen, daß Isabelle immer kurz nach dem Essen in Justines Zimmer verschwand.

Eines Tages mußte meine Tante den Nachmittag bei einer ihrer Freundinnen verbringen, zu der sie uns nicht mitzunehmen beabsichtigte; meine Cousine sagte mir unter vier Augen, daß sie an diesem Tage einige neue Stiche lernen müsse und daß ich daher zu Nachbarn gehen könne oder mich allein beschäftigen solle, damit sie nicht gestört werde. Mehr verlangte ich nicht. Sobald die Tafel aufgehoben war, tat ich so, als verließe ich das Haus, um zu Nachbarn zu gehen; doch ich stieg leise in das Zimmer von Justine, die meine Tante ankleidete, und kam ihnen zuvor. Ich schloß mich in dem dunklen Zimmer ein, versteckt zwischen den Möbeln, das Auge an der Öffnung, die ich vergrößert hatte. Es dauerte nicht lange, bis ich meine Cousine hereinkommen sah, die eine Stickerei in die Hand nahm. Ich glaubte schon, einen recht langweiligen Nachmittag verbringen zu müssen, und bereute meine Neugier, die ich von ganzem Herzen verdammte. Kurz darauf kam Justine mit meiner Tante, die nach mir fragte; das Herz schlug mir bis zum Halse; sie sagte, daß ich offensichtlich zu meinen kleinen Freundinnen gegangen sei, die ich zuweilen besuchte. Sie erkundigte sich nicht weiter und verschwand, als sie ihre Tochter beschäftigt sah, und ich gewahrte, wie sie beide durch das Fenster beobachteten, ob die Tante das Haus verließ. Sobald sie draußen war, was ich ihren Reden entnahm, verriegelte Justine die Tür; sie öffnete die Tür zu der Kammer, in der ich mich befand, und ging zu der geheimen Treppe. Ich bekam Angst, entdeckt zu werden; ich kauerte mich nieder, um mich hinter den Möbeln zu verstecken. Sie bemerkte nichts und kehrte in ihr Zimmer zurück. Sobald sie eingetreten war, legte Isabelle ihre Handarbeit beiseite und ging zu dem Spiegel, um ihre Frisur zu ordnen und ihr Halstuch zurechtzurücken, das Justine ihr entriß, die ihre Brüste in die Hände nahm, ihr Schmeicheleien über deren Fülle und Festigkeit sagte; sodann entblößte sie die ihren und stellte Vergleiche zwischen beiden an. Inmitten ihrer Belustigungen hörte ich, daß jemand die Treppe zu dem kleinen Hof heraufkam und, als er die erste Tür offen fand, an diejenige des Zimmers klopfte. Ich konnte ihn nicht vorbeikommen sehen, da ich mich versteckt hatte, um selber nicht gesehen zu werden. Justine hieß ihn eintreten und schloß sorgsam wieder die Türen. Als er im Zimmer war, erkannte ich ihn sofort: es war ein großer junger Mann, ein entfernter Verwandter des Hauses, der manchmal meine Tante besuchen kam. Isabelles Brust war entblößt: Courbelon küßte sie ungeniert und machte sich mit der einen Hand daran zu schaffen, während die andere sich unter ihrem Rock verlor; Justine erfuhr die gleiche Behandlung; die Zeit erschien mir nicht mehr lang. Er nahm Isabelle in seine Arme, warf sie auf das Bett und hob ihre Röcke hoch. Und ich erblickte ihren Bauch, ihre Schenkel und ihren Spalt; sie hatte nur wenig Haare, aber die waren tiefschwarz. Er küßte sie und bewegte den Finger der rechten Hand oberhalb jenes Spalts, während der Finger der linken Hand ganz in ihm verschwand; Justine, die seine Hose aufknöpfte, zog ein sehr langes, steifes und dickes Ding daraus hervor, meine Cousine nahm es in die Hand; er wollte es an der Stelle seines Fingers hineinstecken, doch ich hörte Justine sagen: »Nein, Courbelon, das werde ich nicht zulassen; wenn ich schwanger werde, dann weiß ich mir zu helfen, doch wenn jemals Isabelle in diesen Zustand geriete, wo sollten wir uns beide verstecken? Streicheln Sie sie, bereiten Sie ihr Freude, aber stecken Sie ihn nicht hinein.« All diese Reden, die ich deutlich vernahm, waren nichts als Rätsel für mich, zu denen ich die Lösung suchte. Ich sah jedoch, wie Courbelon sich widerwillig zurückzog und, wenngleich schimpfend, fortfuhr, Isabelle zu streicheln und zu kitzeln wie zu Anfang, während meine Cousine jenes dicke Instrument in Händen hielt, das Justine befreit hatte. Einige Augenblicke später, nachdem die Bewegungen seiner Finger von neuem eingesetzt hatten, hörte und sah ich, wie Isabelle die gleichen Seufzer von sich gab wie des Nachts, wenn wir im Bett lagen. Ich war nun im Bilde und der Meinung, daß sie in ihrem Bett allein vollführte, was Courbelon soeben mit ihr trieb. Bald darauf erhob sich Isabelle, und Justine, die wie ein Jagdhund auf ihre Beute lauerte, warf sich nun ihrerseits auf das Bett, wobei sie mit einem Arm Courbelon um die Hüfte faßte und mit der anderen Hand noch immer jenen dicken Pfahl hielt, und zog ihn zu sich; bald waren ihre Röcke geschürzt, er legte sich auf ihren Bauch und hielt mit beiden Hände ihre Brüste, die er küßte, und die Bewegungen seines Rückens und seines Hinterns ließen mich ahnen, daß er ihr jenes

Glied hineinsteckte, das ich gern hätte eindringen sehen. Meine Cousine strich mit ihrer Hand von hinten über Courbelons Schenkel, entweder um sie zu streicheln oder um zu fühlen, wie tief er eindrang. Ich sah nun, wie er in Erregung geriet, sich heftig bewegte; bald darauf, nach einigen Zuckungen und Stößen, die mich in Erstaunen setzten, ließ Courbelon sich fallen, und ich sah dieses Glied sich zurückziehen, das nun schmächtig und um sehr vieles kürzer und dünner geworden war. Sie ruhten sich einige Augenblicke aus, doch die Küsse und Liebkosungen hörten nicht auf. Dieser ersten Szene, die mich tief beeindruckt hatte, folgte bald eine andere, an der ich noch mehr Gefallen fand.

Courbelon, den ihre Kleider störten und der wußte, daß meine Tante nicht so rasch zurückkehren würde, versetzte sie bald in den Zustand, in dem er sie zu sehen wünschte: in wenigen Augenblicken waren beide Mädchen nackt. Justine hatte keine so hübsche Figur wie Isabelle, doch gewann sie in ihrer Blöße; ihr Leib war weißer und molliger. Courbelon drückte ihnen mehr als hundert Küsse auf; er faßte ihre Hintern, ihre Brüste, ihre Mösen an - alles stand zu seiner Verfügung. Das, was ich seit einer halben Stunde sah, schürte in mir ein Feuer, eine Erregung, wie ich sie noch nie zuvor empfunden hatte. Ihre Liebkosungen setzten mit noch größerer Heftigkeit wieder ein; er legte sie beide auf das Bett, mit dem Bauch nach unten, und hieß sie ihre Schenkel spreizen. Ich erblickte deutlich all das, was auch Courbelon sah; er untersuchte, küßte ihre Ärsche, steckte einen Finger von jeder Hand zwischen ihre Schenkel. Sein Instrument befand sich wieder in dem Zustand, in dem ich es zuerst gesehen hatte, und da Justine, die mit dem Gesicht auf ihren Händen lag, ihn nicht sehen konnte, begann er, es Isabelle hineinzustecken, bis Justine, plötzlich mißtrauisch geworden, wütend aufsprang, meine Cousine bei den Beinen packte, sie wegzog und Courbelon aus der Fassung brachte. Ich war darob sehr verstimmt, denn ich sah schon jenes Ding mit Riesenschritten seinen Weg einschlagen. »Nein«, rief sie, »das kommt nicht in Frage; ich habe euch schon hundertmal die Gründe genannt; ihr müßt euch ihnen beugen.« Da ich ebensogut hören wie sehen konnte, entging mir keines ihrer Worte. »Komm, mein Lieber«, sagte Justine und nahm sein Instrument in die Hand, »steck deinen Schwanz in meine Möse; die beiden kennen sich, und mit mir kann nichts passieren!« Doch verfehlte sie ihr Ziel, denn da sie ihn noch immer dort festhielt, gab sie ihm

zwei oder drei Stöße: alsbald sah ich, wie
Courbelon sich über ihre Schultern neigte,
eine Brust in der Hand, sie küßte und eine
weiße Flüssigkeit verströmte, die ich noch nie
gesehen hatte, wobei er am ganzen Leibe
zuckte, was mir der Ausdruck eines lebhaften
Lustgefühls zu sein schien. Ich befand mich
in einer Verfassung, die ich selber nicht begriff. Seit einiger Zeit kitzelte ich meinen kleinen Spalt, so wie ich es Courbelon bei Isabelle
und Justine hatte tun sehen. Ich war gerade
bei dieser angenehmen Beschäftigung, die mir
damals nur ein leises Vergnügen bereitete, als
beide, wahrscheinlich auf das heftigste erhitzt durch die Liebkosungen Courbelons, ihn
in den gleichen Zustand brachten, in dem sie
selber sich befanden: ohne das geringste Kleidungsstück von Kopf bis Fuß. Dieses neue
Bild fesselte mich, eine wohlige Neugierde
durchdrang mich, und zwar um so mehr, als
ich mir gewünscht hatte, ihn so zu sehen; es
schien, als stünden ihre Vergnügungen in Einklang mit meinen Wünschen. Beide küßten
und streichelten sie ihn, nahmen seinen
Schwanz, der wieder erschlafft war, kitzelten
seine Hoden und seine Arschbacken; dann
küßte er sie, saugte an ihren Brüsten, drehte
sie um, untersuchte sie überall, rieb an ihren
Mösen, steckte den Finger hinein. Ich sah

schließlich, wie jenes Instrument wieder kräftig wurde und sie beide bedrohte; es ähnelte einem Pfahl, der gleich in den Leib eines wilden Tieres gestoßen wird. Ich merkte wohl, daß Courbelon auf meine Cousine aus war, doch Justine packte ihn, und sie fielen alle übereinander auf das Bett. Ich meinte, er würde ihr den Bauch durchbohren; nichts hielt sie auf: »So warte doch«, sagte er zu ihr, »bis wir unsere Lust noch gesteigert haben und sie alle zusammen genießen können.« Er legte Isabelle auf das Bett, spreizte ihre Schenkel, zwischen die Justine ihre weit geöffneten Beine legte. Da meinen Blicken nun nichts mehr verborgen war, sah ich Courbelons Schwanz in ihre Möse eindringen, aus der er kraft seiner Bewegungen immer wieder hervortauchte, abermals darin verschwand und sich einen Raum schuf, der mich in Erstaunen setzte. Mir schien es unvorstellbar, wie ein so dickes Glied dort hineinpassen sollte – mir, die ich versucht hatte, meinen Finger in die meine zu stecken, und es wegen der Schmerzen nicht gewagt hatte, ihn weiter hineinzustoßen. Doch dieses Beispiel ermutigte mich, und ich trieb ihn nach dem Vorbild, das ich vor Augen hatte, tapfer immer tiefer hinein. Ich entschloß mich um so leichter dazu, als Courbelon, während sein Schwanz in Justines'

Möse war, seinen Finger in diejenige Isabelles gesteckt hatte und ihr zuflüsterte, sie habe den zauberhaftesten Hügel und die hübscheste Möse der Welt, und ihr den Rat gab, ihre Klitoris zu reiben, was meine Cousine auch tat, während er seinen Finger in ihrer Möse auf und nieder bewegte, so wie sein Schwanz es in der von Justine tat. Getreulich ahmte ich sie nach, wappnete mich mit Entschlossenheit und stieß den Finger meiner linken Hand so tief ich nur konnte in die meine und bewegte ihn auf dieselbe Weise, wobei ich mit der rechten Hand an meiner Klitoris rieb, wie Isabelle. Ein berauschendes Gefühl stieg nach und nach in mir empor; es wunderte mich nicht länger, daß meine Cousine Gefallen daran fand, es zu wiederholen. Es dauerte nicht lange, und ich sah alle drei in der wildesten Verzückung; Isabelle sank auf den Rücken und zuckte von Zeit zu Zeit mit dem Hintern. Courbelon, der ihre Lust spürte, rief ihr zu: »Oh, meine Liebe, du kommst!« Kaum hatte er dies gesagt, als er selbst fast reglos auf Justine herabfiel, tief aufseufzte und lauthals Ach! und Oh! schrie. Und Justine lag, nach heftigen und wiederholten Zuckungen und schnellem Zusammenpressen ihres Hinterns, wie leblos da, mit hängendem Kopf und Armen, und stimmte in Courbelons Stöhnen ein.

Diese Beweise einer so heftigen Lust erregten mich über die Maßen und steigerten die meine so sehr, daß auch ich mich auf die Möbel fallen ließ und eine unaussprechliche Wonne empfand. Welch ein Übermaß an Entzücken, wenn man zum erstenmal eine so große Wollust verspürt, wie man sie zuvor noch nie erlebt hat und die man sich nicht vorzustellen vermochte! Man vergeht vor Glück, empfindet nur noch jene höchste Seligkeit!

In der Zeit, da ich sie auskostete, hatten sie sich bereits wieder angekleidet; und Courbelon, der die Mädchen noch einmal küßte, nahm alsbald den Weg, den er gekommen war, und kurz darauf verließen auch Isabelle und Justine das Zimmer. Ich wartete noch eine Weile; schließlich gelang es mir, mich loszureißen und denselben Weg zu nehmen wie Courbelon. Ich ging wieder in die Wohnung meiner Tante, die kurz darauf mit meiner Cousine, die ihr entgegengegangen war, zurückkehrte.

Seither träumte ich nur noch von dem, was ich gesehen hatte; alle ihre Worte waren zu meinen Ohren gedrungen, keine ihrer Handlungen war mir entgangen, unaufhörlich dachte ich darüber nach. Am selben Abend noch, als ich mit Isabelle im Bett lag, tat ich so, als würde ich einschlafen; nicht lange danach fiel sie in einen tiefen Schlummer, und auch ich tat es ihr nach kurzer Zeit nach. Doch am nächsten Abend kam es anders. Sobald wir im Bett lagen, stellte ich mich wieder schlafend. Kurz darauf spürte ich, wie sie ihr kleines Spiel von neuem begann. Ich wußte Bescheid; ich drehte mich um, legte mein Bein über das ihre und meine Hand dorthin, wo ich ihren Finger wußte, schob sie unter ihn und faßte ihren Hügel an. Ich umarmte sie, küßte ihre Brüste und steckte meinen Finger in ihre Möse. Ich zog ihn wieder heraus und kitzelte sie an der Stelle, wo ich den ihren gefunden hatte; sie spreizte die Schenkel und ließ es geschehen; als ich ihre ersten Seufzer hörte, entdeckte ich, daß sie ganz naß war. Auch mich quälte das gleiche Verlangen; ich nahm ihre Hand und legte sie auf meinen Hügel, ich ergriff ihren Finger, damit er seinen Dienst tue, und wenig später befand ich mich in dem Zustand, ihr Seufzer auf Seufzer erwidern zu können. Sie war nicht wenig erstaunt über das, was ich angestellt hatte; sie hielt mich für völlig unwissend. Sie hatte sich gehütet, mich aufzuklären, da sie fürchtete, ich könnte aufgrund meiner Erziehung durch eine fromme Mutter Kinds genug sein, meiner Tante oder meiner Mutter davon zu erzählen. »Aber, Rosa, woher weißt du das alles? Ich wundere mich über deine Kenntnisse; als ich so alt war wie du, wußte ich noch nicht so viel.« — »Das glaube ich gerne, meine liebe Cousine; ich will es dir verraten, aber nur unter der Bedingung, daß du mir nicht zürnst und mich auch weiterhin lieb behältst.« Augenblicklich bereute ich meine Worte und wollte nicht fortfahren, doch Isabelle, die mich in ihre Arme nahm und mich streichelte, drängte mich, ihr alles zu gestehen. »Du wirst mir also nicht böse sein? Liebe Cousine, sei meiner Verschwiegenheit versichert. Ich verspreche dir, daß ich niemals vor irgend jemand den Mund aufmache, vor allem weder meiner Tante noch meiner Mutter das Geringste darüber verrate.« Ich erzählte ihr also alles, was ich erlebt hatte. Entsetzen ergriff sie. »Ach, teure Freundin, meine liebe Rosa, bewahre dieses Geheimnis, ich flehe dich an; verrate mich nicht; es wäre mein Untergang.« Von neuem schwor ich es; wir kamen überein, daß nicht einmal Justine davon erfahren dürfe; sie gab mir hundert Küsse und stellte mir ebensoviele Fragen über das, was ich gesehen, gehört und dabei empfunden hatte. Ich berichtete ihr alles getreulich. Ich beruhigte sie und sagte ihr, daß alles, was ich ihr aus freien Stücken mitgeteilt hatte, mich dazu verpflichte, ein Geheimnis zu hüten, welches auch das meine geworden war. »Doch erzähle mir, Isabelle, auf welche Weise bist du mit

Courbelon und Justine dahin gekommen?« —
»Von Herzen gern, liebe Cousine; nach allem,
was du weißt, kann ich dir nichts mehr abschlagen oder vor dir verbergen. Also höre.
Etwa fünf Wochen, bevor du hier ankamst,
ging ich eines Tages mit meiner Mutter aus;
doch da ich in meinem Zimmer etwas vergessen hatte und noch nicht weit vom Hause entfernt war, kehrte ich zurück, um es zu holen.
Nachdem ich es gefunden hatte, stand ich
plötzlich, ich weiß nicht warum, vor Justines
Zimmer; die Türe war offensichtlich nicht fest
verschlossen, vielleicht hatte sie nicht daran
gedacht; ich stieß sie auf. Noch nie war ich
überraschter gewesen, und ich stand vor Betroffenheit wie versteinert, als ich Courbelon
auf ihr liegen sah. Augenblicklich stieg er von
ihr herunter, und ich entdeckte sein Instrument, das er zu verstecken suchte, während er
gleichzeitig die hochgeschürzten Röcke von
Justine herabstreifte; sie war höchst erfreut,
daß statt meiner nicht meine Mutter hier
stand. Ich wollte sofort wieder gehen, doch
dieses Mädchen rannte mir nach, weil sie
fürchtete, ich würde meiner Mutter weitererzählen, was ich gerade gesehen hatte; sie
warf sich mir zu Füßen und flehte mich an,
nichts darüber verlauten zu lassen. Sie bat
mich so inständig, wobei sie mir die Hände

küßte, daß ich alles versprach, was sie begehrte, und ich hielt Wort. Ich gestehe dir, liebe Rosa, daß dieses Abenteuer mir sehr zu denken gab. Seit jenem Tag führte mich Justine des öfteren in ihr Zimmer, unter dem Vorwand, mir das Sticken beizubringen; doch unterhielt sie sich mit mir immer nur über das, was ich gesehen hatte, und brachte mir viele neue Dinge bei; sie entblößte meinen Busen, nahm meine Brüste in ihre Hände, sie schilderte mir die Lust in den betörendsten Farben. Eines Tages schließlich, als mich diese Art der Unterhaltung stark erregt hatte, fühlte ich das Feuer auf meinen Wangen brennen, mein Busen wogte; die Fragen, die ich ihr stellte, verrieten Justine, daß der Augenblick günstig war. Sie nahm mich in ihre Arme, hob mich empor und trug mich auf ihr Bett; sie hob meine Röcke hoch; ich wehrte mich nur schwach, und sie fuhr in ihrem Treiben fort und sagte mir, daß ein junger liebenswerter Kavalier sich glücklich schätzen würde, wenn er all die Schönheit, die Anmut und Frische zu Augen bekäme, die sie soeben entdeckte; daß sein Ding anschwellen, daß er vor Lust vergehen würde und mir ein ebenso großes Vergnügen verschaffen könnte. Ihre Schmeicheleien, ihre Reden und Liebkosungen hatten mich bezwungen, und ich ließ alles mit

mir geschehen, was sie wollte. Sie legte den Finger ihrer linken Hand zwischen die Lippen meines Spalts, den sie kitzelte, während sie mit der rechten am oberen Teil rieb.
‚Meine liebe Cousine', sagte ich ihr, ‚warum verwendest du nicht die dir bekannten Ausdrücke und Worte? Ich habe sie alle schon von Courbelon und Justine vernommen.' — ‚Du hast recht, Rosa, ich werde mich bessern.' Und nach einiger Zeit dieses kurzweiligen Treibens fühlte ich jene höchste Lust, die sie mir so eindringlich geschildert hatte; doch versicherte sie mir, daß ich mit einem jungen hübschen Mann noch weit größere verspüren würde. Seither wiederholte sie zu meiner Zufriedenheit noch häufig dieses zauberhafte Spiel; eines Tages stieß sie sogar ihren Finger so tief in mich hinein, daß ich einigen Schmerz empfand, der jedoch bald wieder verging; und schließlich konnte sie mich auch dazu bringen, ihr die gleiche Lust zu verschaffen wie sie mir. Ich fand großen Gefallen daran und gab mich damit zufrieden, doch etwa zehn Tage vor deiner Ankunft, als meine Mutter wieder einmal alleine ausgegangen war, nahmen wir unsere Spiele und Vergnügungen wieder auf, und zwar mit den verschiedensten Mitteln, welche Justine sich ausdachte; wir entblößten uns ganz. Courbelon, der sich hin-

ter einem Vorhang verbarg, wurde Zeuge unserer Narrheiten; zwischen Justine und ihm war das ausgemacht, doch ich ahnte nichts davon; sie lachte von Anfang an aus vollem Herzen. Verwundert über ihre Heiterkeit, die mir zuweilen unangebracht vorkam, drängte ich sie, mir den Grund dafür zu nennen; sie gestand mir, daß Courbelon uns zusah. Alsbald kam dieser hinter dem Vorhang hervor, nackt wie wir, und sein Schwanz war von erstaunlicher Größe und Dicke. Erschreckt, zitternd und verschämt konnte ich in dem Zustand, in dem ich mich befand, nur noch entfliehen, indem ich mich hinter eben jenem Vorhang versteckte. Ich rannte dorthin, doch beide hielten sie mich auf, und ich wagte ihm nichts zu entgegnen, nach dem, was er uns hatte treiben sehen. Courbelon nahm mich in seine Arme, warf sich an meinen Hals, küßte mich, legte seine Hände und Lippen überall hin, wo er nur konnte; alles stand zu seiner Verfügung, und Justine unterstützte ihn. Schließlich wurden Überraschung und Scham von der Begierde verdrängt. Er legte seinen Schwanz in meine Hand: sie konnte ihn nicht umfassen. Das Feuer seiner Küsse, seiner Berührungen, jener für mich so ungewohnte Anblick sowie das Beispiel von Justine, die ihn bedenkenlos streichelte, ließen die Lust in alle meine Glieder strömen und hatte mich in eine Lage versetzt, in der ich ihm nichts mehr abzuschlagen vermochte. Die Wonnen, die ich von ihm empfing, erreichten einen Grad, wie ich ihn unter den Händen von Justine noch nie verspürt hatte, und ich wünschte sehnlichst, er möge mit ihr dasselbe tun wie mit mir, doch sie gingen sehr viel weiter. Sie zog ihn zu sich auf das Bett und zeigte mir Courbelons Schwanz, der sich in ihrer Möse verlor, und die Heftigkeit ihrer Verzückungen ließ mich das ganze Ausmaß ihrer Lust ahnen. Gestern war es das sechste Mal, daß ich mit ihm zusammenkam, denn es geschieht nicht oft, da wir Angst haben, entdeckt zu werden. Ich freute mich sehr über dein Kommen, liebe Rosa, denn ich hoffte, daß ich dadurch mehr Freiheit haben würde; ich wünschte nämlich, wie ich dir gestehen muß, Courbelon möge mit mir dasselbe tun wie mit Justine. Freilich fürchte ich mich davor, Kinder zu bekommen, vor denen sie mir Angst macht, und ich fürchte auch den Schmerz, den die Dicke seines Schwanzes mir ankündigt, doch da sie ihn mit soviel Eifer empfängt, ist meine Furcht wohl nicht sehr begründet und der Schmerz wahrscheinlich weit geringer als die Lust, zumindest behauptet das Courbelon. Dennoch widersetzt sich Justine aus den verschiedensten

Gründen beständig unserem Wunsch, welche Gründe mich nicht überzeugen, weil sie sich all den von ihr beschworenen Gefahren selber aussetzt.«

Ich trieb sie, sosehr ich nur konnte, dazu an, sich Befriedigung zu verschaffen. Ich bekämpfte die Gründe jenes Mädchens mit solchen, die mir gerade einfielen – in einem Alter, wo ich noch keine Erfahrung besaß. Aber vielleicht standen ihre Einbildungskraft, ihre Neugier oder ihre Wünsche mit meinen Argumenten in Einklang; jedenfalls schien sie sie ohne weiteres anzuerkennen. Ich nahm ihr auch das Versprechen ab, mir die Lust, die sie empfinden würde, in allen Einzelheiten zu schildern; sie gab mir ihr Wort, bat mich aber, stets unser Geheimnis zu wahren. Von nun an trennten wir uns kaum noch.

Einige Tage später wurden wir zu einer Hochzeit zu Verwandten von Justine eingeladen; derlei Einladungen sind in kleinen Provinzstädten üblich. Sie versäumte nicht, sich als eine der ersten dorthin zu begeben, bevor auch wir uns auf den Weg machten. Isabelle sagte mir lachend, dies sei eine recht günstige Gelegenheit, sie zu hintergehen, denn ich bestärkte sie jeden Tag in ihrer Absicht, ihre Wünsche durchzusetzen. Ich war zunächst von diesem Gedanken angetan und sagte ihr, daß meine Tante, die glaubte, wir würden alle zusammen weggehen, wahrscheinlich einige ihrer Freundinnen besuchen werde; daß sie sich in Justines Zimmer begeben und sich dort aufhalten solle; daß Courbelon bald zum Tanzen kommen werde, wie es bei jungen Leuten der Brauch ist, auch wenn sie nicht eingeladen sind; da die Hoffnung, sie zu finden, ihn mit Sicherheit dorthin treiben werde; daß ich ihm, sobald ich ihn sähe, sagen würde, sie wolle mit ihm sprechen, und er solle sich in Justines Zimmer begeben, wo sie ihn erwarte. »Nein, nein, das will ich nicht«, sagte sie errötend; doch ich drang in sie, verlieh meinen Argumenten mit Liebkosungen Nachdruck, und schließlich willigte sie ein. Ich war mit meiner Toilette noch nicht fertig, als meine Tante bereits das Haus verließ. Ich befand mich also alleine: und in der Tat begegnete ich Courbelon, der hergekommen war, um uns abzuholen. Ich näherte mich ihm, und es gelang mir, ihm ganz natürlich und ohne, daß irgend jemand etwas bemerkte, zu sagen, was ich geplant hatte. Kurz darauf verschwand er, und ich sah ihn nicht mehr. Ich bedauerte, noch nicht auf meinem Posten zu stehen, doch da ich hoffen konnte, daß Isabelle mir alles berichten würde, was vorgefallen war, tröstete ich mich und nahm so gut ich konnte an den

Vergnügungen des Festes teil, auf dem ich mich befand, da es mir schon nicht vergönnt war, dem meiner Cousine beizuwohnen.

Als ich dort angekommen war, hatte mich Justine gefragt, aus welchem Grunde Isabelle nicht bei mir sei. Ich belog sie, indem ich sagte, meine Tante habe mit ihr zusammen das Haus verlassen wollen, sie werde wohl jeden Augenblick nachkommen. Zunächst glaubte sie meine Geschichte; doch als sie sah, daß Courbelon schon lange nicht mehr auf dem Fest war und meine Cousine noch immer nicht kam, wurde sie mißtrauisch, und sie konnte nicht umhin, mir zu sagen, daß sie allen Anlaß habe, sich über den Weggang des einen sowie die Verspätung der anderen zu verwundern. Kaum hatte sie dies gesagt, als Courbelon kam, und kurz darauf auch meine Cousine. Nun verschwand Justine; ich machte Isabelle darauf aufmerksam und erzählte ihr, was ich soeben von Justine gehört hatte. Sie argwöhnte sofort, daß dieses Mädchen in die Wohnung zurückgekehrt sei, was sie in Unruhe versetzte. Justine kam wieder und ließ sich nichts anmerken, doch hatte sie Untersuchungen angestellt und Informationen eingeholt, die sie über alles unterrichteten, was sie zu wissen begehrte. Dann gingen wir nach Hause. Ich konnte kaum erwarten, bis wir im Bett lagen, um meine Cousine ungestört auszuhorchen. Ich sagte meiner Tante, daß ich vom Tanzen müde sei, und Isabelle tat ein Gleiches, obwohl sie an diesem Vergnügen gar nicht teilgenommen hatte; es war ihr immer gelungen, unter irgendeinem Vorwand, der nichtsdestoweniger der wahre war, abzulehnen. Wir legten uns also schlafen. Als ich sie in meinen Armen hielt, wollte ich meine Hand dorthin legen, wo sie die meisten Schläge erhalten hatte, doch sie schob sie zurück und sagte, daß sie dort zu große Schmerzen habe; mehr bedurfte es für mich nicht, sie an ihr Wort zu erinnern. »Ach, liebe Rosa, meine Neugierde ist recht übel befriedigt worden. Courbelon kam wie die anderen Male; ich lauerte ihm auf; ich öffnete ihm; er hat sich mir an den Hals geworfen. Nach vielen Küssen und Liebkosungen hat er mich in seine Arme genommen und mich auf das Bett getragen und seine Hände überall hingelegt, wo er wollte, um so mehr, als ich mich ohne den geringsten Widerstand darein schickte. Und schließlich hat er mir seinen Schwanz hineingestoßen, den er zuvor mit Spucke angefeuchtet hatte, doch welchen Schmerz hat er mir bereitet! Dieser Schwanz, von ungeheurer Dicke, zerriß mich; ich wagte nicht zu schreien; ich vergoß bittere Tränen. Er versuchte mich zu trösten, indem er mich umarmte und mir versicherte, daß ich bei einem zweiten Mal nur noch Lust empfinden würde. Er hat mich getäuscht, denn er kam noch einmal zu mir, und mein Schmerz war ebenso heftig; ich litt unerträgliche Qualen. Noch ein drittes Mal drang er in mich ein; ich wollte nicht mehr einwilligen, doch er preßte mich so fest an sich und gab mir so viele Küsse und Beweise seiner Zärtlichkeit, daß ich es ihm nicht abschlagen konnte; er fing es so sanft und vorsichtig an, daß ich schon glaubte, die Martern hätten ein Ende, doch waren sie fast dieselben. Diese schrecklichen Schmerzen, zusammen mit der Furcht vor Kindern, die immer stärker vor meiner Einbildung stand, machen mich einer solchen Prüfung abgeneigt, und noch jetzt fühle ich ein so starkes Brennen, daß ich nicht daran rühren kann, ohne meine Schmerzen zu erneuern, und deswegen habe ich es auch abgelehnt, am Tanz teilzunehmen.« — »Wahrscheinlich bist du, liebe Cousine, da jünger als Justine, noch sehr eng.« — »Eben das sagte mir auch Courbelon, und er versicherte mir, daß sich das mit der Zeit und der Übung ändern würde, doch inzwischen leide ich darum nicht weniger.« Wir mußten also stillhalten und schliefen ein.

Am nächsten Tag zog Justine Isabelle in ihr Zimmer und sagte ihr, daß Courbelon am

Vorabend hiergewesen sein müsse; daß sie an der Tür zu der kleinen Treppe, die nicht wie gewöhnlich verschlossen gewesen, ein Stück des Straußes gefunden habe, den er an jenem Abend trug; daß sie durchaus bemerkt habe, daß ihr Bett zerwühlt worden sei; und daß sie schließlich in Erfahrung gebracht habe, daß Isabelle keineswegs, wie ich behauptet hatte, mit ihrer Mutter fortgegangen, sondern hiergeblieben sei und erst zwei Stunden nach mir das Haus verlassen habe; daß sie sehr wohl ahne, was geschehen sei, und sie darum bitte, es ihr zu gestehen; daß sie keine Angst vor ihr zu haben brauche, da sie nichts von ihrer Seite zu befürchten habe, da ihr zumindest ebenso daran gelegen sei, daß niemand etwas erfahre. Isabelle stritt zuerst alles ab; doch die Beweise ließen keinen Zweifel zu, und so gestand sie schließlich ein, daß Courbelon gekommen sei und sie gestreichelt habe wie üblich. Justine behauptete sodann, daß alles darauf hinweise, daß er in ihr gesteckt habe. Meine Cousine wollte es nicht wahrhaben, doch Justine sagte, daß sie das bald wissen werde. Da sie stark war, nahm sie meine Cousine in ihre Arme und legte sie auf das Bett. Weil Isabelle sich ihr gegenüber nicht zur Wehr setzen konnte und davon überzeugt war, daß sie etwas in Erfahrung bringen würde, und da sie zudem fürchtete, daß ihr daraus neuerliche Schmerzen erwüchsen, gestand sie ihr, was sie schon mir erzählt hatte.

Justine, die große Angst vor den Folgen dieses Abenteuers hatte oder sehr verärgert über Courbelon war, legte von nun an ihren Zusammenkünften so viele Schwierigkeiten und Hindernisse in den Weg, daß meine Cousine und er einander nicht mehr so mühelos treffen konnten wie bisher, und da sie vielleicht auch eifersüchtig war, gestattete sie Courbelon nicht mehr, zu kommen. Es gelang ihr schließlich durch alle möglichen Mittel und Wege, diese Verbindung zu lösen, da sie die größte Wachsamkeit an den Tag legte. Courbelon, der sah, daß er die Hindernisse einer so scharfsichtigen Überwachung nie werde überwinden können, und sich auf dieses Verhalten einen Vers machte, zerstritt sich mit ihr, und da er wenig später gezwungen war, sich in eine andere Provinz zu begeben, vergaß er bald sowohl Isabelle als auch Justine, die ihrerseits kurz nach seiner Abreise bei meiner Tante auszog und die Stadt verließ; und ich glaube, daß sie dorthin gegangen ist, wo Courbelon sich befand, für den sie alles aufgeopfert hätte.

In der ersten Zeit ertrug Isabelle nicht ohne Kummer den Schmerz, Courbelon nicht mehr zu sehen; sie ließ mich alles wissen, was ihre Gemütsstimmung ihr gerade eingab. Ich tröstete sie nach Kräften; und mit der Zeit gelang es mir auch, und das Vergnügen, das wir uns gegenseitig bereiteten, ließ sie diesen Verlust, der auch mich traurig stimmte, leichter überstehen und schließlich sogar vergessen. Ich hatte gehofft, eines Tages zu ihnen zu gehören, und meine Cousine dazu anstiften zu können, denn diese hatte inzwischen eine starke Zuneigung zu mir gefaßt, die seither nicht wenig dazu beitrug, ihren Kummer zu zerstreuen. Jene widrigen Umstände jedoch vereitelten meine Absichten, und notgedrungen dachte ich bald nicht mehr daran. Wir verbrachten noch vier Monate zusammen, während derer sie mir alles beibrachte, was sie von Courbelon und Justine gelernt hatte.

Die Überlegungen, die ich in der Zwischenzeit über dieses Abenteuer und Isabelles Antworten auf meine verschiedenen Fragen anstellte, ließen mich erkennen, daß Courbelon an dem Tage, an dem er sie bei Justine angetroffen, ein Auge auf sie geworfen hatte und daß er unter dem Vorwand, Isabelle besser zur Verschwiegenheit verpflichten zu können, Justine zu verstehen gegeben hatte, das sicherste Mittel dafür sei, sie als Dritte an ihren Vergnügungen teilhaben zu lassen, soweit die kleine Gans dazu fähig sei; daß es ihm schließlich gelungen war, sie zu überzeugen und sie in die Falle zu locken, die er ihr stellte, denn sonst hätte die Eifersucht, die wir bei Justine vermuteten, sich schwerlich darein geschickt.

Die Zeit, die ich bei meiner Tante verbrachte, verstrich leider nur allzu schnell; ich wurde wieder zu meiner Mutter gerufen; wir mußten Abschied nehmen. Wir trennten uns unter vielen Tränen. Meine Tante war gerührt und versprach, daß sie alles tun werde, was in ihrer Macht stehe, mich zurückzuholen. Sie und meine Cousine, die eine behagliche Freiheit genossen, bedauerten mich und das traurige Los, das meiner harrte: Tage voller Langeweile und Überdruß in der Gesellschaft einer bigotten Mutter, die niemanden bei sich empfing. Ich stimmte ihnen zu, doch sollten wir alle Unrecht haben.

Als ich wieder bei meiner Mutter war, machte ich mir alles zunutze, was mir der Zufall und Isabelle beigebracht hatten: gleich ihr verschaffte ich mir täglich das beglückende Gefühl der Lust, zuweilen verdoppelte ich es sogar; meine erhitzte Phantasie war nur von solchen Gedanken erfüllt, die darauf Bezug hatten. Ich dachte nur an Männer, meine Blicke und meine Wünsche richteten sich auf jeden, den ich sah, die Augen auf jene Stelle geheftet, wo, wie ich wußte, das Idol lag, das ich so gerne mit Weihrauch umhüllt hätte und das meine Begierde belebte, deren Feuer sich bis in die äußersten Fasern meines Körpers ausbreitete.

Just zu jener Zeit kam Vernol nach Hause, um seine Ferien bei meiner Mutter zu verbringen; er war anderthalb Jahre älter als ich. Oh, wie fand ich ihn schön! und wie war ich überrascht: bis dahin waren mir seine Vorzüge entgangen. Zwar hatten wir in unserer Kindheit aufgrund unseres fast gleichen Alters viel freundschaftliche Gefühle füreinander empfunden, doch jetzt wurde alles anders; er vereinigte in sich alle meine Wünsche, eine verzehrende Glut ergriff meine Sinne, ich hatte Augen nur noch für ihn, alle meine Gedanken flogen ihm entgegen. Schon lange wollte ich das, was ich bei Courbelon nur flüchtig erblickt hatte, von Nahem sehen und berühren. Ich fühlte, daß ich zu jung war, um hoffen zu dürfen, daß ein älterer Mann für mich Interesse zeigen könnte, und da ich davon überzeugt war, daß ihr Instrument mit den Jahren immer größer werde, erschreckten mich auch Isabelles Schmerzen. Im übrigen bekam ich niemanden zu Gesicht, der sein Auge auf mich hätte werfen oder die meinen auf sich hätte lenken können; dennoch lebte ich in großer Ungeduld, und ich sah in Vernol das Ziel, das ich erreichen wollte. Sein Zimmer lag hinter dem meiner Mutter, in dem auch ich schlief. Wenn diese brave Bigotte in die Kirche ging, in der sie jeden Morgen zwei bis drei Stunden zubrachte, verschloß ich sorgfältig die Tür hinter ihr; man konnte glauben, wir schliefen, und ließ uns deshalb in Frieden. Doch stets von meinem Verlangen geweckt, ging ich im Hemd zu ihm und neckte ihn auf tausenderlei Weise, während er noch im Bett lag. Bald küßte und kitzelte ich ihn, bald zog ich ihm die Decken und Laken weg; ich entblößte ihn fast gänzlich; ich versetzte ihm leichte Schläge auf seinen elfenbeinfarbenen Hintern; er sprang auf, stieß mich auf sein Bett, küßte mich und gab mir die Schläge zurück, die ich ihm versetzt hatte. Diese kleinen Spiele hatten wir zweimal gespielt, als am dritten Morgen, da er mich rücklings auf das Bett warf, mein Hemd, dem ich ein wenig nachgeholfen hatte, ganz hochgerutscht war und meine Beine in der Luft hingen. Alsbald entdeckte er meine kleine Möse; er spreizte meine Schenkel, legte die Hand darauf und wurde nicht müde, sie zu betrachten und zu berühren. Ich ließ es geschehen. »Ach, Rosa«, sagte er, »wie verschieden sind wir doch voneinander!« — »Wieso!«, entgegnete ich, »was ist denn da für ein Unterschied?« Ich stellte diese Frage mit der allerunschuldigsten Miene. »Sieh doch«, sagte er und hob sein Hemd hoch und zeigte mir sein kleines Instrument, das dick und steif geworden war und das ich bisher nur flüchtig gesehen hatte. Ich nahm diese Lanze in die Hand, betrachtete sie, streichelte sie, entblößte und schärfte ihre Spitze, und hatte endlich die Genugtuung, sie einer aufmerksamen Prüfung unterziehen zu können. Vernol, der voller Ungeduld ein Gleiches tun wollte, sagte: »Laß mich es nochmal ansehen.« Ich gab seiner Bitte nach und legte mich wieder hin; er hob meine Beine hoch, schob sie auseinander und war bei seiner Untersuchung nicht weniger gewissenhaft, als ich es gewesen war, doch wußte er nichts von der Verwendung dessen, was er erblickte. Er kniete auf dem Bett, über mich gebeugt; ich schob seine Hand zwischen meine Schenkel und nahm sein liebliches Kleinod abermals in die Hand; ich ergötzte mich daran, die Haut an seiner korallenroten Spitze auf und nieder zu streifen. Die Lust, die ich in ihm weckte, verstärkte die meine: ich war voller Ungeduld; ich erhob mich und drehte ihn auf den Rücken, ich entblößte ihn gänzlich; ich küßte ihn, ich fraß ihn fast auf, ich streichelte seine kleinen Oliven. Schließlich, da meine Hand immer stärker an diesem bezaubernden Spielzeug auf und nieder fuhr, verströmte es jene Flüssigkeit, die ich schon bei Courbelon in der Hand Justines gesehen hatte. Diese für ihn so neue Situation, seine Verwunderung, verbunden mit der großen Lust, die er zu verspüren schien, waren ein herrliches Schauspiel für mich. Seine Hand, die zwischen meinen Schenkeln ruhte, hatte sich nicht gerührt; ich legte mich auf das Bett zurück, nahm sie und brachte ihr eine Übung bei, die ihr noch unbekannt war und die ich sehnlichst begehrte. Bald fiel ich in die gleiche Verzückung, in die ich ihn soeben versetzt hatte. All dies erschien ihm außergewöhnlich; ich hatte ihn von einer Überraschung zur anderen geführt; und diese wieder beglückten und bezauberten mich. Ich begann ihn von neuem zu streicheln, abermals nahm ich sein Instrument in die Hand, ich küßte es, saugte daran, nahm es ganz in meinen Mund – ich hätte es verschlingen mögen: und es dauerte nicht lange, bis es wieder in jenen allerliebsten Zustand geriet, den es zuvor gehabt hatte. Bisher hatte ich es noch nicht gewagt, ihm zu zeigen, wo ich es haben wollte, doch nun, da ich immer erregter wurde, riß ich ihm das Hemd vom Leibe und zog auch das meine aus; ich betrachtete ihn, bedeckte ihn mit meinen Händen und meinen Lippen; er erwiderte alle meine Zärtlichkeiten. Sein kleiner Schwanz war steif geworden; ich legte mich auf ihn und führte ihn selbst in meine kleine Möse. Oh, wie schnell war er im Bilde. Ich war zwar noch sehr eng, aber er dafür nicht dick; beide drückten wir uns aneinander. Schließlich, indem ich mich auf ihn setzte, gelang es mir, ihn ganz in mich hineinzustoßen, und ich hatte die herrliche Genugtuung, ihn zum erstenmal dort eindringen zu spüren, wo ich ihn so sehnlichst begehrte. Auf diese Weise raubten wir uns gegenseitig unsere Jungfernschaft, wenngleich diese nicht mehr ganz unberührt war. Welche Wollust verspürten wir dabei! Vernol wußte nicht mehr, wie ihm geschah; wir genossen jene reine Glückseligkeit, die man nur fühlen, aber nicht erklären oder sich vorstellen kann; unsere Lust erreichte den Höhepunkt; er erlebte ihn als erster und entlud sich in mir. Seine Arme, die mich umschlungen hielten, sanken herab; ich beschleunigte meine Bewegungen, ich erreichte das Ziel, und als ich mich auf ihn niederfallen ließ, wußte er, daß ich die gleichen Wonnen erlebte wie er. Eng aufeinandergepreßt, kosteten wir jene wollüstige Mattigkeit, die nicht weniger berauschend ist als die Lust, die sie uns beschert hatte; da ich rascher wieder bei

Kräften war als er, sah ich mich genötigt, ihn dazu aufzufordern, abermals seine Hand und seinen Finger zu gebrauchen.

Alle Tage wiederholten wir nun dieses aufregende Spiel; ich schlüpfte in sein Bett, oder er kam in das meine; überall, wo wir uns ungestört treffen konnten, begannen wir es von neuem. Des Nachts, wenn wir nicht beisammen sein konnten, widmete ich ihm, sein Bild vor Augen, all die Lust, die dieses hervorrief; er auf seiner Seite tat ein Gleiches. Wir erzählten uns am nächsten Morgen unsere Abenteuer und setzten unsere nächtlichen Träume in die Tat um.

Vom ersten Tage an voller Verwunderung über das, was ich ihm beibrachte, wollte er gerne wissen, auf welche Weise ich es erfahren hatte, doch da ich es nicht für angebracht hielt, ihm schon jetzt zu berichten, was ich bei meiner Cousine gesehen hatte, lenkte ich seine Gedanken auf allgemeine Beispiele. Später jedoch, als ich seiner Verschwiegenheit gewiß war, erzählte ich ihm alles, und wir versuchten, der Erinnerung die Tat folgen zu lassen und das Beispiel von damals nachzuahmen.

Doch leider nahte inmitten unserer Vergnügungen die Trennung! Mit Schmerzen sahen wir ihr entgegen; und schließlich kam der Augenblick, da er uns verlassen mußte. Mein Kummer war so groß, daß ich ihn nicht zu schildern vermag. Nach dreieinhalb Jahren der Abwesenheit sind wir erst seit vier oder fünf Monaten, als er ganz zu unserer Mutter zurückkehrte, wieder vereint.«

Als sie ihre Erzählung beendet hatte, bei der sie mehr in die Einzelheiten gegangen war, als sie es bei mir getan hatte, insbesondere was Vernol betraf, ergriff ich wieder das Wort: »Du weißt noch nicht, lieber Papa, was mir Rosa außerdem gesagt hat; darüber läßt sie kein Wort verlauten. ›Meine liebe Laura,‹ sagte sie nämlich, ›ich habe bemerkt, daß Vernol eine leidenschaftliche Liebe zu dir gefaßt und sie mir auch gestanden hat. Sieh, liebe Freundin, ich bin nicht eifersüchtig deswegen, ich liebe euch beide von **ganzem Herzen**; du bist schön, er ist liebenswürdig, ich wäre entzückt, ihn in deinen Armen zu sehen. Ja, meine Liebe, ich würde ihn mit eigenen Händen hineinlegen, denn seine Seligkeit ist mein Glück.‹ — Hältst du sie nicht für verrückt?« — »Keineswegs, Laura! ihre Denkungsart überrascht mich nicht!«

Wir waren uns beide darüber im klaren, daß Rosa die Lust über alle Maßen liebte; wir sagten es ihr, und sie stimmte uns bei. Die Szenen, die sie uns beschrieben, hatten sie von neuem erregt; auch bei uns waren sie nicht ohne Wirkung geblieben. Mein Vater lieferte greifbare Beweise dafür; sie ergriff diese, und um uns zu zeigen, welch verführerischen Zauber sie daran fand, schickte sie selber den teuren Gegenstand, den sie in der Hand hielt, auf den Weg und überschüttete uns mit tausend Zärtlichkeiten, die wir ihr mit jener glückseligen Empfindung vergalten, nach der sie sich ohne Unterlaß sehnte. Da sie als erste ihr Ziel erreichte, hielt sie meinen Vater zurück und sagte: »Erweist mir nun das gleiche Vertrauen wie ich euch; was wir zu dritt seit gestern getan haben, hat mir die Augen vollends geöffnet und mir die Freiheit gegeben, euch zu erzählen, was ich mit Vernol getan habe. Komm doch, Papa, leg dich deiner geliebten Laura zur Seite; an ihrer Stelle würde ich das gleiche mit dir tun. Mach es mit ihr, damit sie die gleichen Freuden genießen möge, die du mir bereitest hast: sei meiner unverbrüchlichen Verschwiegenheit versichert.« — »Nun denn, Rosa, zum Beweis dafür, daß ich in keiner Weise daran zweifle, sollst du eine neue Rolle spielen.« Er stand auf und holte den Godmiché; er heftete ihn an Rosas Taille, die von diesem Instrument, das sie noch nicht kannte, begeistert war; er legte mich auf sie, führte es in meine Möse ein und gab ihr den Rat, sich so zu bewegen, wie ein Mann es täte, und mich gleichzeitig zu reiben; er zeigte ihr, wie sie es im rechten Moment entladen solle, sobald sie mich kurz vor dem Orgasmus sehe; dann legte er sich auf mich und steckte seinen Schwanz in meinen Arsch. Rosa bewegte das Gerät außerordentlich geschickt; ich hielt ihre Brüste, sie streichelte die meinen, sie saugte an meiner Zunge; ich verging. In dem Augenblick, da ich im Begriff war, das Bewußtsein zu verlieren, brachte sie den Godmiché zur Entladung; meine Möse wurde überflutet, und der Strom, den mein Vater gleichzeitig in meinem Arsch entlud, löste in mir eine Wollust aus, die sich mit der seinen und der von Rosa verband, die durch den Druck des Godmiché auf ihrer Klitoris ebenfalls in Verzückung geraten war; schließlich sank ich halbtot vor Wonne auf sie nieder. Wenig später erhob sich mein Vater, und als ich aus dieser betörenden Ohnmacht erwachte, verließen wir das Bett, denn es war schon fast Mittag geworden.

Sobald wir aufgestanden waren, hatte sie nichts Eiligeres zu tun, als dieses für sie so neue Instrument zu untersuchen. Ich half ihr, es auseinanderzunehmen. Es ähnelte in allem einem Schwanz; der ganze Unterschied bestand lediglich in quer verlaufenden Wellen von der Spitze bis zur Wurzel, um die Wirkung des Reibens zu erhöhen. Es war aus Silber, doch überzogen mit den Farben der Natur und einem harten glänzenden Firnis. Es war leer, dünn und leicht. In der Mitte verlief ein Röhrchen aus demselben Metall, rund und nicht dicker als eine Feder, in dem ein kleiner Kolben steckte; dieses Röhrchen ließ sich auf ein anderes Metallstück schrauben, das mit der Spitze des Ganzen verschweißt war. Auf diese Weise befand sich zwischen dieser kleinen Spritze und den Außenwänden, die den Schwanz nachahmten, noch genügend Raum. Ein Korkstückchen, das diese Spritze dicht verschloß, hatte ein Loch, in welches haarscharf der Anfang der kleinen Pumpe hineinpaßte und in das eine Spiralfeder eingefügt war, die den Kolben mittels eines Abzuges zurückstieß. Als Rosa dies Gerät genügend gedreht und gewendet hatte, sagte sie: »Nun mußt du mir noch beibringen, wie man es richtig bedient.« – »Man füllt den Godmiché mit Wasser, das so warm ist, daß man es mit den Lippen gerade noch ertragen kann; man verschließt ihn sorgfältig mittels des Korkstückchens, an dem du diesen Ring siehst, mit dessen Hilfe man es zurückzieht; dann füllt man die Pumpe mittels des Kolbens mit aufgelöstem und weiß gefärbtem Fischleim. Die

Wärme des Wassers überträgt sich sofort auf diese Flüssigkeit, die soweit irgend möglich dem Samen ähnelt.«

Die erste Reaktion Rosas auf diese Beschreibung war, daß sie ihr Hemd hochhob und sich das Ding in ihre Möse steckte: über diese Verrücktheit mußte ich so herzlich lachen, daß mein Vater eintrat, um den Anlaß zu erfahren, der mich so erheiterte. Er sah Rosa bei ihrem Treiben, und auch er konnte nicht umhin, sich mir anzuschließen, und er sagte ihr: »Laß nur, Rosa; im Augenblick ist seine Kraft verbraucht, wir können Besseres tun.« Sie zog sich fertig an, er nahm mich bei der Hand und ging hinaus: »Meine liebe Laura, Rosa wird das Opfer ihrer Leidenschaft und ihrer Natur werden, nichts kann sie zurückhalten, sie gibt sich allem mit Ungestüm hin, ohne Maß und Schonung. Sei versichert, daß sie diese Leichtfertigkeit mit dem Leben bezahlen wird, so wie der arme Vernol, den sie in die gleiche Ausschweifung geworfen hat, doch will ich es mir zunutze machen, um meine Pläne zu verwirklichen.« Und in der Tat, unerschütterlich in seinen Überlegungen, suchte er sie in meinem Zimmer auf, und ich hörte ihn sagen: »Rosa, das, was Sie Laura am Ende ihrer Geschichte über Ihren Bruder erzählt haben, kündet mir von Ihrer Freundschaft für beide, doch kann man auf Vernols Verschwiegenheit zählen wie auf die Ihre? Sie muß so groß wie möglich sein.« — »Oh, schätzen Sie das Geständnis, das ich Ihnen gemacht habe, nicht falsch ein; es ist nicht die Furcht vor Indiskretion, sondern die Art und Weise, wie ich mich ihm gegenüber verhalten habe, daß, wenn ich Laurette gewesen wäre, Sie für mich das gewesen wären, was Vernol für mich ist. Die Dunkelheit, in der ich die Dinge sah, hat sich durch die Weise, wie wir seit gestern zusammen leben, völlig aufgehellt. Ich weiß, daß ich nunmehr ohne alle Verstellung sprechen kann, und ich schwöre Ihnen, daß uns, Vernol und mir, an der Wahrung unseres Geheimnisses ebenso gelegen ist wie Ihnen an dem Ihren. Doch bitte! lassen Sie ihn an unserer Lust teilhaben; er hat mir gestanden, daß er ganz vernarrt ist in Laurette und Sie mehr darein verwickelt sind, als Sie denken; wäre es Ihnen denn möglich, uns zurückzuweisen? Ich würde mich überglücklich schätzen, wenn Sie sich nicht dagegen sträubten und wenn Laurette ihn nicht haßte.« — »Alles drängt mich heute dazu, einzuwilligen; aber erzählen Sie ihm noch nichts von dem, was zwischen uns vorgefallen ist, das müssen Sie mir versprechen. Er könnte mich sonst für entschädigt halten, und ich möchte, daß er mir selber das Opfer zahlt, das ich bringe. Bereiten Sie ihn lediglich darauf vor, sich auf alles einzulassen, was wir begehren.« — »Oh, ich verbürge mich für ihn wie für mich selber, Sie können sich in allem auf ihn verlassen.« — »Dennoch müßt ihr wissen, Sie und auch er, daß Laura nur für die öffentliche Meinung meine Tochter ist, denn in Wirklichkeit ist sie es nicht. Sie sehen jedoch, daß sie mir darum nicht minder teuer ist. Aber niemand außer euch beiden darf von diesem Geheimnis erfahren; das lege ich euch ans Herz. Gehen Sie nun mit Laura zu Ihrer Mutter; sagen Sie ihr, daß wir den morgigen Tag auf dem Lande verbringen möchten, und daß wir euch, wenn sie es euch erlaubt, mitnehmen wollen; aber versprechen Sie mir, daß ihr bis zu diesem Moment euch Ruhe gönnt, denn ihr werdet sie sicher nötig haben.«

Nichts von diesen Worten war mir entgangen. Rosa kam, nahm mich mit, eilte zu ihrer Mutter und erhielt mühelos für sich und Vernol die Erlaubnis für das, um was sie bat. Ich verließ sie und verbrachte den Rest des Tages bei einer Verwandten. Unterdessen traf mein Vater die Vorbereitungen für seine Pläne.

In der Nacht, als ich in seinen Armen lag, vermutete ich, er würde mir berichten, was er zu Rosa gesagt hatte, und mich in seine Absichten einweihen. Unschlüssig, was ich tun sollte, wollte ich nicht als erste davon anfangen und ihn auch nicht wissen lassen, daß ich alles gehört hatte. Das Herz schlug mir bis zum Hals; aber kein Wort davon kam über seine Lippen.

Am Nachmittag des nächsten Tages fuhr ein Wagen vor unserer Türe vor, nahm uns auf und brachte uns in ein reizendes Haus, einige Meilen von der Stadt entfernt. Ich kannte es nicht. Ich vermutete, daß es einem seiner Freunde gehörte, der es ihm lieh. Vernol hatte es darauf angelegt, seine natürlichen Reize zur Geltung zu bringen. Rosa und ich trugen ein galantes Deshabillé. Von seiner Schwester unterrichtet, war Vernol von ungezwungener Höflichkeit und größerem Selbstvertrauen, was ihm vorzüglich zu Gesichte stand. Gegen vier Uhr kamen wir an. Das Wetter war herrlich und die Luft lau. Wir machten einen Spaziergang in den Gärten, die wahrhaft von Vertumnus, dem Gott der Gärten, entworfen waren. Es handelte sich hier nicht um jene bizarren Verschachtelungen, bei denen das Absonderliche vorzuherrschen scheint, auch nicht um jene abgezirkelten Gärten, in denen Gleichmaß und Symmetrie die Natur erdrücken; wir genossen die Schönheit des Horizonts, der mit dem Fest einverstanden schien. Nach diesem Rundgang, den wir mit Küssen begleiteten, begaben wir uns in das Haus und durchliefen die Gemächer; in einem Salon, in den mein Vater uns führte, fanden wir einen gedeckten Tisch; er setzte uns mehrere Gerichte vor, schenkte unsere Gläser voll und schonte uns nicht. Sei es infolge der köstlichen Weine und Liköre, sei es aufgrund eines anderen Mittels, von denen er genügend kannte – unsere Köpfe verloren bald ihr Gleichgewicht, und wir warfen der Narrheit Blumen zu, die uns damit bekränzte. Sobald er uns in diesem Zustand sah, entließ er seinen Anhang, der erst später wieder zurückkehren sollte, so daß wir nunmehr unter uns waren. Er führte uns in eine uns noch unbekannte Zimmerflucht, die im abgelegensten Flügel lag. Er hieß uns in einen kleinen Salon eintreten, der ringsum von Kerzen erleuchtet war; sie steckten in Kandelabern, die in einer Höhe angebracht waren, wo man sie leicht mit der Hand erreichen konnte. Unter ihnen hingen ringsumher Spiegel, die für gewöhnlich hinter Schleiern verborgen lagen, jetzt aber mit Bändern hochgezogen waren, deren Quasten die Ecken schmückten. Breite, sehr niedrige und fast rückenlose Bergèren standen rings an den Wänden, bis zu der Höhe, wo die Spiegel begannen, über denen die verschiedensten Bilder hingen. Götter! welche Sujets, teure Eugenie! Petronius und Aretino haben nichts Wollüstigeres hervorgebracht. Einige Skulpturen, die einen weiß, die anderen bemalt, stellten Ähnliches dar. Auf einer Seite befand sich eine ebenso ausgeschmückte und erleuchtete Nische, in der ein Möbelstück stand, auf dem Genuß und Wollust ihren Thron errichtet hatten. Diese Gemälde und Skulpturen, die Weine und Liköre, die wir zu uns genommen hatten, scheuchten auch den kleinsten Schatten von Gezwungenheit weit von uns; eine wollüstige Ekstase bemächtigte sich unserer Sinne; Bacchus und die Narrheit führten den Reigen an. Rosa, von ihrer Gottheit inspiriert, stimmte den Ton an und begann den Hymnus der Lust. Sie sprang meinem Vater an den Hals; sie umarmte Vernol; sie küßte mich und forderte mich auf, es ihr nachzutun; sie entriß mir mein Taschentuch, das sie ihrem Bruder zuwarf; das ihre ließ sie meinem Vater zuflattern; sie gab ihnen ihre Brüste zu küssen; sie führte sie zu den meinen; unsere Lippen wurden von den ihren bedeckt. Diese Spiele, diese Küsse, die in den Spiegeln widerschienen, erhitzten uns über die Maßen. Unsere Wangen röteten sich, unsere purpurnen Lippen brannten, die Augen glänzten und die Busen wogten. Vernol, der schon leicht verwirrt war, mit gerötetem Teint und feurigen Augen, erschien mir schön wie der helle Tag. Ich betrachtete ihn in diesem Augenblick wie einen göttlichen Besitz, dessen Reize sich in einem einzigen Strahl vereinten, im Mittelpunkt meines Verlangens; er selbst wußte nicht mehr, wo er sich befand. Rosa warf mich auf eine Bergère, sie rief Vernol herbei, damit er ihr helfe; sie hob meine Röcke hoch, versetzte mir sanfte Schläge auf den Hintern, und zeigte ihm das Ding, nach dem er lechzte. Ich packte sie nun meinerseits, um auch sie auf den Rücken zu werfen; doch sie warf sich selber darauf, hob die Beine in die Lüfte und legte alle Reize bloß, die sie von der Natur erhalten hatte; ihre Möse, ihr Arsch, ihr Bauch, ihre Schenkel — alles war unbedeckt. Alsbald standen wir alle drei bei ihr und ließen ihr die Liebkosungen zukommen, nach denen sie sich zu sehnen schien. Kaum hatten wir unsere Hände auf ihr Hinterteil gelegt, als wir nach zwei oder drei Bewegungen ihres Rückens sahen, wie sie die Augen verdrehte und die Quelle der Lust zu fließen begann. Wir Mädchen sahen beide, wie Vernol und mein Vater vor Begierde brannten: die Schwellungen, die sich entlang ihren Schenkeln abzeichneten, waren der sicherste Beweis dafür. Plötzlich stand Rosa auf und warf sich meinem Vater entgegen: »Teurer Papa, ich habe dir das Taschentuch zugeworfen; du wirst mein Gemahl sein und ich deine Frau; gib mir die Hand.« – »Herzlich gern, Rosa; doch müssen wir auch die letzte Zeremonie vollziehen.« – »Von ganzem Herzen; aber Vernol hat das Taschentuch von Laurette bekommen, wir müssen auch sie vereinigen; bist du einverstanden?« – »Es geschehe, was du begehrst.« Sie rannte herbei, nahm unsere Hände und legte sie ineinander; sie sagte, wir sollten uns küssen, unsere Lippen berührten einander; sie legte ihre Hand auf meine Brüste und nannte uns Mann und Frau. Alle vier waren wir stark erregt und sehr erhitzt; Rosa brannte. »Wie schön wäre es jetzt,« rief sie, »wenn wir ein Bad nehmen könnten, um uns zu erfrischen! Das Feuer verzehrt mich.« Mein Vater stand auf und zog an einer Schnur, die neben der Nische hing. Alsbald verschwand das Oberteil des Möbelstückes, das hier stand, und enthüllte ein Becken mit drei Wasserhähnen, aus denen je nach Wunsch heißes, kaltes oder laues Wasser floß. »Wie herrlich«, sagte Rosa, »ein wahrer Feenpalast. Ich werde einer Najade ähneln, aber nicht nur ich.« Nach wenigen Augenblicken erschien sie, angetan allein mit dem Schmuck der Nymphen; sie ergriff mich und bat Vernol und meinen Vater, ihr zu helfen, mich in die gleiche Lage zu versetzen; im Nu verschwand alles, was ich auf dem Leibe trug. Rosa gab ihrem Bruder ein Zeichen, der sich bald als Waldgeist zeigte, während sie und ich meinem Vater zu Hilfe eilten. Meine verstohlenen Blicke hatten Vernol bereits abgeschätzt; wie war sein Körper wohlgeformt, und wie liebenswert erschien er mir! Er strahlte Jugend und Frische aus; inmitten seines jungmädchenhaften weißen Glanzes sah man das, was einen Mann kennzeichnet. Alle vier tauchten wir gemeinsam in dieses Becken. Ganz von einem verzehrenden Feuer durchglüht, glichen wir Ameisen, auf die man Wasser gießt und die davon nur um so lebendiger werden. Zwei stehende Lanzen bedrohten uns, doch der Kampf erschreckte uns nicht; den mutwilligen, heißen Händen, den verliebten und lüsternen Küssen unserer Tritonen ausgesetzt, gaben wir ihnen ihre Zärtlichkeiten zurück; wir scherzten mit ihren Pfeilen: sie hatten sich unserer Köcher bemächtigt. In diesem Augenblick war mein Vater so umsichtig, das Schwämmchen in den meinen zu stecken, als ich am wenigsten daran dachte. Vernol wollte in die Schranken treten, doch durch ein den Frauen angeborenes Geschick, das so sehr dazu angetan ist, die Begierde anzustacheln, hielt ich ihn zurück und rettete mich aus dem Becken. Rosa folgte mir; bald waren auch die anderen draußen; die Frische, die sie nun umwehte, kühlte sie etwas ab. Ihre augenblickliche Bescheidenheit ließ uns Zeit, uns abzutrocknen, und als wir unsere leichten, duftigen, fast nichts verbergenden Kleider, die mein Vater aus einem hinter einem beweglichen Spiegel versteckten Schrank hervorgeholt hatte, übergestreift hatten, streckten wir uns auf den Bergèren aus. Kaum lagen wir dort, als er mittels einer anderen Schnur einen mit köstlichen Gerichten, Weinen und Likören gedeckten Tisch von der Decke herniederschweben ließ; die Weine ähnelten denen, die uns schon vorher so zu Kopf gestiegen waren; sie berauschten uns nun vollends. Alles war dazu geschaffen, die Hitze, die uns schon verzehrte, zu steigern. Vernol befand sich in wunderbarer Ungeduld; und was ich nicht erwartet hätte: Rosa verlor bei all ihrer Ungeduld nichts von ihrer Fröhlichkeit. Ich, die ich in meiner Wollust feinfühliger war, genoß mit den Augen und den Händen, hatte es aber weniger eilig, ans Ziel zu gelangen, dem ich mit größerer Befriedigung entgegensah, wenn ich das Verlangen danach noch erhöhte, und ich wußte mich darin mit meinem Vater einig. Vernol und Rosa mußten ihre Ungeduld also zähmen, was Rosa sehr viel leichter fiel, da sie durch unsere Zärtlichkeiten und Berührungen bereits dreimal, wie sie selbst sagte, die Wonnen der Lust empfunden hatte. Und schließlich nannte sie dieses Gericht unser Hochzeitsmahl. Zwar führte Hymen nicht den Vorsitz, doch gleichviel, es herrschte die Wollust: sie allein genügte und bezauberte uns. Man sah sie inmitten der Tafel, und der Gott der Gärten, sein Szepter in der Hand, bekränzte sie; an den vier Ecken befanden sich verschlungene Figurengruppen in Stellungen, die den süßesten aller Augenblicke ankündigen; unter ihnen auch alte eifersüchtige Satyrn, die ihre Geschenke darboten, verfolgte Nymphen, welche die Lust flohen: alles beseelte und erregte uns. Rosa, das Glas und die Flasche in der Hand, mit geöffnetem Kleid, das ihre Reize enthüllte, entzündete die Flamme in unseren Adern; was sie uns einschenkte, verwandelte sich in einen Feuerstrom; und endlich erwachte auch in mir die Begierde mit aller Kraft, nichts hätte mich erschrecken können. Unsere Reize, die fast ständig bloßlagen, hatten dieselbe Wirkung auf die Männer, und wir sahen unablässig die fühlbaren Zeichen ihrer Macht. Schließlich, liebe Eugenie, sprechen wir es ohne Umschweife aus, bäumten ihre Schwänze sich in all ihrer Größe auf, und Rosa, die es nicht mehr aushielt, rief: »Vernol, nimm deine Frau; und ich«, sie warf sich meinem Vater in die Arme, »ich halte meinen Gemahl.« Schon hatte sie sich seines Schwanzes bemächtigt, den sie seit langem unverwandt angesehen, und schon hielt Vernol mich umschlungen, und seine Hand ruhte auf meiner Möse, als mein Vater uns zurückhielt: »Wartet, Kinder, ich möchte meine Zustimmung an eine Bedingung knüpfen; es ist nicht mehr als recht und billig, daß ich dafür belohnt werde. Wenn Vernol mit Laura zusammenkommt, will ich es jenem Höfling gleichtun, der, als er einen Pagen, den sie liebte, mit seiner Frau schlafen ließ, im Arsch dieses Pagen das vollführte, was dieser in der Möse der Dame trieb. Ebenso soll mir, während er Laura fickt, sein Arsch zur Verfügung stehen.« Ich war augenblicklich davon überzeugt, daß Vernols Schönheit ihm diesen Wunsch eingegeben hatte, so wie sie auch meine Begierde geweckt hatte; ich war entzückt und konnte mich nun ungezwungener meinen Wünschen überlassen. Dieser Gedanke befreite mich von einer Fessel, die mir bis dahin einiges Unbehagen bereitet hatte. Ich belebte unsere Spiele mit Ausbrüchen der Freude und war bestrebt, mein Möglichstes zu tun, um sie noch unterhaltsamer zu gestalten. Ich packte Vernol, riß ihm die Kleider vom Leibe, entblößte seinen liebreizenden Hintern, zog seine Arschbacken auseinander, sein Schwanz stieß mir in den Bauch... »Nein, Vernol, nein, mach dir keine Hoffnung, daß du mich ohne jene Bedingung ficken kannst.«—»Wieso?«, sagte Vernol, »welches Hindernis könnte mich wohl aufhalten? Schon lange stehe ich Höllenqualen aus; was täte ich nicht, schöne Laurette, um mich Ihrer zu erfreuen und in Ihren Armen zu vergehen!« — »Wenn dem so ist«, sagte mein Vater, »wird auch Rosa mit dabei sein.« Im Nu war der Tisch hochgezogen und das Becken zugedeckt; ein dickes Kissen füllte es aus, das in einer Hülle aus rostbraunem Satin steckte, eine Farbe, die sich so gut dazu eignet, das Weiß der Haut hervorzuheben. Diese Nische war ein wahres Sanktuarium der Wollust. Flugs entledigten wir uns all der Dinge, die uns störten, und wir bestiegen diesen Altar im Schmuck der Natur, der als einziger nötig war für die Opfergaben, die wir der Gottheit der Liebe darbringen wollten. Von allen Seiten strahlten die Spiegel unsere Reize wider. Ich bewunderte Vernol; dieser schöne Knabe nahm mich in seine Arme, überhäufte mich mit Küssen und Zärtlichkeiten; er war über die Maßen erregt. Ich hielt seinen Schwanz;

mein Vater bearbeitete mit der einen Hand seine Arschbacken, mit der anderen die Brüste oder die Möse von Rosa, die uns alle drei liebkoste. Unserer Liebeswut endlich nachgebend, drehte Vernol mich auf den Rücken, spreizte meine Schenkel, küßte meine Möse, steckte seine Zunge hinein, saugte an meiner Klitoris, legte sich auf mich und steckte mir sein Schwert bis zum Heft hinein. Sofort legte sich mein Vater auf ihn; Rosa lag auf den Knien, auf ihre Ellbogen gestützt, ihre Möse war mir zugewandt; sie zog Vernols Hinterbacken auseinander, befeuchtete den Eingang und schickte den Schwanz meines Vaters auf den Weg, den sie ihm bereitet hatte. Und während unsere Männer ihr Spiel trieben, kitzelte sie ihre Hoden. Ich legte meine Hand auf ihre Möse, steckte einen Finger hinein und rieb sie; bald war meine Hand völlig naß. Ihre Verzückungen, welche die ersten zu sein schienen, erregten uns über die Maßen. Vernol folgte ihr auf dem Fuße; mein Vater bemerkte es: er beschleunigte das Rennen, was mir förderlich war; ich verdoppelte meine Bewegungen, und wir fielen fast augenblicklich in die gleiche Ekstase. Wir drei vereinigten Menschen bildeten sozusagen nur noch ein einziges Wesen, das Rosa mit ihren Küssen bedeckte.

Wieder zu uns gekommen, traten Liebkosungen an die Stelle unserer Verzückungen und erfüllten die Zeit, welche die Lust uns zu durchlaufen übrigließ; und all die Zärtlichkeiten setzten uns bald wieder instand, die Lust zu uns zurückzuholen. Vernol gestand, daß er noch nie eine ähnliche empfunden habe. »Man muß sie erlebt haben,« sagte mein Vater, »um darüber urteilen zu können. Komm, liebe Laurette, komm und empfinde sie nun auch du. Vernol, der weniger gesegnet ist als ich, kann dir nur einen Vorgeschmack bieten; schön wie du bist, von welcher Seite auch immer man dich betrachtet, hat er nichts zu verlieren; komm in meine Arme! Rosa wird für ihn das tun, was sie für mich getan hat, und deine Klitoris von hinten streicheln.« Ich warf mich auf ihn, verschlang ihn vor Zärtlichkeit; Rosa führte seinen Schwanz in meine Möse; sie zog meine Hinterbacken auseinander, steckte Vernols Schwanz in ihren Mund, befeuchtete seine Spitze sowie den Weg, den er nehmen sollte, und brachte ihn eigenhändig dorthin. Sie lag in derselben Stellung wie beim ersten Mal, sie rieb mich und streichelte den Hintern von Vernol, während mein Vater, den Finger in ihrer Möse, sie ebenfalls rieb. Bald kündigte die höchste Lust sich an; wir flogen ihr entgegen, wir fingen sie auf. Oh, wie stark war sie! Wir entluden alle gleichzeitig, wir wurden überschwemmt, unsere Säfte strömten. Den allerheftigsten Empfindungen ausgeliefert, befand ich mich in einem krampfartigen Zustand. Nachdem ich durchschüttelt worden war wie ein mit den Wogen kämpfender Schwimmer, folgte nun eine Ruhe, die nicht weniger berauschend war als die Lust. Jene Kontraktionen, jenes Kitzeln in allen empfindlichen Teilen des Körpers, wo der Thron der höchsten Wollust steht, ließen sie mich in ihrem ganzen Ausmaß durchleben. Diesen Tag kann ich nur noch mit jenem vergleichen, da ich freiwillig meine Jungfernschaft geopfert hatte.

Schließlich galt es, sich auszuruhen. Wir setzten uns auf und baten unsere Helden, für kurze Zeit ihre Kleider wieder anzulegen; doch wurden wir kaum ruhiger. In der Verfassung, in der wir uns befanden, rief alles, unsere Augen, unsere Hände, unsere Münder, unsere Zungen, die Lust herbei; wir redeten dummes Zeug; unsere Brüste, unsere Mösen, unsere Hintern wurden bearbeitet und geküßt; wir vergalten diese Zärtlichkeiten; Schwänze und Hoden waren der Gegenstand unserer Liebkosungen. Bald darauf zeigten sich die Auswirkungen voller Stolz; auch wir verspürten sie, alle wurden wir von neuem geil, unsere geschwollenen Kitzler bewiesen es ebenso wie die Festigkeit ihrer Schwänze. Wir folgten den Spuren der Lust, die uns entflohen war; wir holten sie zu uns zurück, um sie abermals entweichen zu lassen. Doch diesmal wünschte ich, daß Rosa ein besserer Teil zufiel als bisher. Ich legte sie auf das Bett und hob ihre Knie an; mein Vater legte sich neben sie, und indem er seine Schenkel unter ihre Beine schob, die sie in die Höhe streckte, befand sich sein Schwanz genau dem Ziel gegenüber; ich legte mich auf sie, ihr Kopf war zwischen meinen Knien und denen von Vernol, der ihn mir von hinten steckte. Ich führte den Schwanz meines Vaters in ihre Möse; er verlor sich darin und erschien immer wieder aufs Neue; er nahm unser beider Brüste; ich rieb sie, und sie vergalt mir diesen Dienst; meine Möse befand sich vor ihren Augen; Vernols Schwanz, der auf und nieder stieß, seine Hoden, die sich in diesem Rhythmus wiegten, waren ein aufregendes Schauspiel für sie, das auf ihre Sinne einen so starken Eindruck machte, daß Rosa in der Zeit, da wir die Lust noch suchten, um sie auszukosten, schon dreimal ihre Wonnen und ihren Taumel empfunden hatte. Ihre Schreie: »Ich sterbe, ich komme!« bezeugten es uns. Schließlich vereinten die beiden unter uns liegenden Männer ihre Anstrengungen, und Rosa empfing in einem fünften und üppigen Erguß ihrerseits den Samen meines Vaters. Ihre Lust spornte die unsere an, und wir genossen fast gleichzeitig mit ihnen jene Verzückungen, die zu erreichen wir uns beeilten. Rosa erstarb; wenn sie die Lust über alles liebte, so floh auch diese sie nicht; sie verspürte sie drei- oder viermal so häufig wie wir. Ihre Möse war eine wahre Quelle der Entladung, und diese verursachte bei ihr eine so maßlose Lust, daß sie jedesmal, wenn es kam, zwicken und beißen mußte. Schließlich sank sie in jenen Zustand der Ermattung, in dem man nur noch die so überaus beseligenden Empfindungen fühlt, die er auslöst. Sobald sie wieder zu sich gekommen war, rühmte sie unsere Stellung so sehr, daß nun auch ich mich dieser Perspektive erfreuen wollte; und so änderten wir, als wir wieder bei Kräften waren, fast nichts daran: ich nahm lediglich den Platz ein, den sie innegehabt hatte; sie legte sich auf mich, und Vernol fickte sie. Mein Kopf lag zwischen ihren Schenkeln, ich sah alle ihre Bewegungen, und wir rieben uns gegenseitig, während der Schwanz meines Vaters in mir sein Rennen machte.

Nach Beendigung dieses vierten Aktes waren wir müde, erschöpft, matt; wir hatten es bitter nötig, unsere Verluste wieder wettzumachen. Wir standen auf. Mein Vater ließ abermals den Tisch heruntergleiten, und wir stärkten uns an den Speisen. Die Ruhe tat uns gut. Sobald die Tafel aufgehoben war, legten wir uns alle vier zusammen schlafen, mit verschlungenen Armen und Beinen, wobei jeder das geliebte Objekt seiner Träume und den göttlichen Antrieb seiner Lust in Händen hielt.

Nach einer guten Stunde Schlafes entriß uns Rosa, die ein wollüstiger Traum geweckt hatte, bald wieder aus jener Art von Lethargie, in der wir uns befanden. Von neuem tauschten wir Liebkosungen und Küsse; doch beeilten wir uns diesmal nicht, sondern scherzten im Gegenteil mit unserem Verlangen, um seine Dauer zu verlängern und den Genuß zu erhöhen, indem wir das Nahen der Lust verzögerten; wir gingen ihr entgegen, stießen sie wieder zurück, wurden von ihr verfolgt. Rosa hatte sie bereits zwei- oder dreimal gefangen; auch uns erreichte sie bald; es ist nicht ungefährlich, mit ihr zu spielen. Schließlich blieb sie Sieger, und wir beendeten diesen Tag mit einem fünften Akt, dessen Heldin Rosa war. Auf meinem Vater liegend, der mit seinem Schwanz durch das Hauptportal kam, wurde Vernol an der Hinterpforte vorstellig. Ich hatte ihre Haltung von zuvor eingenommen und vergalt ihr alle die Dienste, die sie mir erwiesen hatte, während mein Vater mich mit ähnlichen Zärtlichkeiten überhäufte; doch Vernol ließ sich einen neuen Scherz einfallen und verließ von Zeit zu Zeit die Straße, auf die ich ihn geschickt hatte, um sich mit meinem Vater auf der seinen zu treffen. Rosa fand es himmlisch, sie beide zusammen zu haben; welch ein Glück für sie, daß auf ein und demselben Pfad genügend Platz war für zwei; doch im letzten Moment kehrte Vernol auf den Weg zurück, den ich ihm gewiesen hatte. Sie fand diese Auflösung göttlich und lustvoller als alles, was sie bisher erlebt hatte; und so rief sie in ihrer Begeisterung: »Wie glücklich wäre ich, und wie schön wäre der Tod, wenn mein Leben in einem so berauschenden Augenblick enden würde!« Wir lachten über diese Vorstellung, die so gut zu ihrem Temperament und ihrer Denkungsart paßte.

Bevor wir uns wieder ankleideten, enthüllte mein Vater noch einmal das Becken; ich war entzückt ob dieser Fürsorge. Sofort warf ich mich hinein, und die anderen folgten mir binnen kurzem. Ich zog das Schwämmchen heraus und spülte den Ort, an dem es gesessen hatte, sorgfältig mit Wasser aus. Diese erste Reinigung wiederholten wir noch einmal und benutzten diesmal ein Öl, das uns mit Wohlgeruch umhüllte. Dieses zweite Bad beruhigte und erfrischte unsere Sinne. Die Zeit verging, und wir beeilten uns, das Bad zu verlassen. Als wir angekleidet waren, machten wir noch einen kleinen Spaziergang in den Gärten; schließlich bestiegen wir gegen acht Uhr den Wagen und erreichten eine Stunde später die Stadt.

Seit jenem Tage, vor allem in der ersten Zeit, die darauf folgte, drängte mich Rosa unaufhörlich, diese Szenen zu wiederholen. Zuerst ließ ich mich darauf ein; wenig später gab ich nur noch ihr zuliebe nach, bis ich ihrer schließlich überdrüssig wurde, und ich hätte sie sogar als Last empfunden, wenn mein Vater nicht mit mir im Bunde gewesen wäre. Dieser Überdruß war ihm nicht entgangen, und er freute sich darüber. Meine Schwärmerei für Vernol, die einzig meine Augen und meine Sinne hervorgerufen hatten und an der das Herz nicht beteiligt war, verflog mit jedem Tag mehr; abgesehen von seiner Gestalt und seiner Sanftmut konnte ich nichts mehr an ihm finden. Schließlich erlosch sie vollends und hinterließ nur Bedauern; ich kehrte ganz und gar zum Hang meines Herzens und zu meiner Zuneigung zurück, die keineswegs kleiner geworden war, sondern im Gegenteil neue Kräfte gewonnen hatte. Ich betrachtete meinen Vater als einen außergewöhnlichen, einzigartigen Menschen, einen wahren, über allem stehenden Philosophen, der aber zugleich äußerst liebenswürdig und wie dazu geschaffen war, ein Herz wahrhaft zu rühren. Ich liebte ihn, ich betete ihn an! Ach, liebe Eugenie, einzig die Tugenden der Seele vermögen uns zu binden, uns unabhängig von den Sinnen einzufangen und unserer natürlichen Unbeständigkeit die Flügel zu stutzen. Besonnene Menschen können der Tugend nicht widerstehen, wenn sie ihr begegnen, und keine Treulosigkeit hält ihr stand; kurz, ich war das einzige Ziel seiner zärtlichen Liebe, so wie er das Ziel meines Herzens war. Die folgenden Ereignisse ließen jenes Verhältnis zu Rosa und Vernol, das ich bereits von mir aus aufzulösen begonnen hatte, vollends zerbrechen.

Ein Abenteuer, bei dem Rosa mehrere Lanzen allzu dreist und leichtfertig brach, entfernte mich endgültig von ihr und Vernol, nachdem sie mir nämlich die näheren Umstände berichtet hatten, soweit ich sie ihnen zu entlocken wußte. Ich gewann die Überzeugung, daß keine zarten Gefühle in ihren Herzen wohnten und sie beide nur der zügellosesten und aufdringlichsten Leidenschaft frönten. Diese Lebens- und Denkungsart vertrug sich schlecht mit der meinen, und ich wußte nun, was ich von ihnen zu halten hatte.

Ich habe dir bereits erzählt, daß ich sie nicht mehr so häufig sah, was sie dazu bewog, allen Zerstreuungen nachzujagen, die sie nur finden konnten. Dazu gehörte auch der Spaziergang. Eines Tages begleitete Vernol seine Schwester in einen öffentlichen Park, begegnete dort vier seiner ehemaligen Schulkameraden, von denen der älteste kaum zwanzig Jahre alt war. Freudiges Wiedererkennen, Umarmungen, viele Fragen: Woher kommst du? was machst du? wohin gehst du? wer ist diese Schöne?... Die Antwort auf diese letzte Frage gab unseren jungen Leuten Anlaß zu Reverenzen und Komplimenten, die Rosa gewiß nicht mißfielen. Von alldem angetan, beschlossen sie, Vernol dazu aufzufordern, an ihrem Ausflug teilzunehmen. Sie hatten vor, die Stadt zu verlassen und sich an irgendeinem angenehmen Ort in der Nähe einen Imbiß zuzuführen. Von Vernol erhielten sie keinen Korb, noch weniger von Rosa, und so brachen sie zusammen auf.

In der ersten Aufregung hatten unsere jungen Leute eine Abmachung vergessen, die sie zusammen getroffen hatten; doch der Älteste, der, wie du noch sehen wirst, zugleich der Durchtriebenste von ihnen war, hatte sie nicht aus den Augen verloren. Zusammen mit einem anderen Jüngling hielt er Rosa am Arm; nichtige Reden, Schmeicheleien, zweideutige Wendungen plätscherten dahin. Man befand sich noch in der schönen Jahreszeit; man wanderte zügig. Bei der Ankunft belegte man ein Zimmer; Rosa war erhitzt und warf sich auf ein Bett, entblößte ihre Brust und ließ ein Bein hängen, von dem sie wußte, daß es wohlgeformt war; und sie bekam auch viel Lob dafür zu hören, das sie berauschte. Man ließ Speisen, Weine und Liköre der verschiedensten Sorten kommen. Die Köpfe begannen heiß zu werden, die Reden und Lieder wurden immer ausgelassener und kühner, Küsse schwirrten umher; das Feuer brach aus und pflanzte sich fort. Der Älteste, dreister und erfahrener als die anderen, nahm Vernol beiseite und hinterbrachte ihm die Abmachung, die sie zuvor getroffen hatten. Vernol konnte nicht umhin, lauthals zu lachen. Rosa, neugierig, wie gewöhnlich, wollte unbedingt wissen, welches der Anlaß war; sie rief ihn zu sich, drang in ihn. Ohne Bedenken erzählte er ihr, daß seine Kameraden vorher unter sich beschlossen hatten, daß derjenige der vier, der den kleinsten Schwanz besäße, für alle das Essen zahlen müsse, und derjenige mit dem größten Schwanz für alle Getränke aufkommen sollte.

Rosa, welche diese Erzählung ungemein erheiterte, schüttelte sich vor Vergnügen, so sehr, daß sie fast alles sehen ließ, was sie an Verborgenem hatte, und sie rief in dieser ersten Regung aus: »Und wer soll dabei Richter sein?« — »Sie selbst!« sagte der Unverfrorenste, der wohl ahnte, daß Vernol ihr alles berichtet hatte. Rosa, vom Wein und einem für sie so schmeichelhaften Vorschlag berauscht, antwortete, daß sie unzweifelhaft der beste Richter und am ehesten von ihnen allen in der Lage sei, darüber zu befinden. Von nun an legte man sich keine Zurückhaltung mehr auf; immer gewagtere Reden, begleitet von Wein und Zärtlichkeiten, gingen von Mund zu Mund. Rosa, ein mutiger Streiter, bot allen die Stirn; doch bereitete sie sich schon auf weitere Angriffe vor, die sie mehr interessierten, und da sie so schnell wie möglich zu handfesteren Ergebnissen kommen wollte, rief sie Vernol zu sich, legte einen Arm um seinen Hals und beugte seinen Kopf auf ihre Brüste, damit er sie küsse. Dann ließ sie ihre Hand nach unten gleiten und bemächtigte sich seines Schwanzes; er wiederum schob seine Hand unter ihre Röcke und faßte ihre Möse an. Ihr nur halb geschürzter Rock gab noch nichts zu erkennen; doch als sie ein Knie anhob, erleichterte sie die Erkundung dieses Mittelpunktes der Lust. Der Anblick erregte die Knaben so heftig, daß sie sie umringten, wobei der eine ihren Hintern, der andere ihre Schenkel, wieder ein anderer ihre Brüste in die Hand nahm: jeder hielt ein Stück von ihr fest! Rosa fragte sie, indem sie ihnen Vernols Schwanz zeigte, ob sie ihr wohl etwas Ähnliches zu bieten hätten. Und schon nahm jeder seine Waffe in die Hand, und sie genoß das ihre Augen bezaubernde Schauspiel, fünf steife Schwänze auf einmal zu sehen, stolze und drohende Schwänze, die ihr den Kampf ansagten, wiewohl in der Gewißheit, besiegt zu werden.

Augenblicklich richtete Rosa sich auf und setzte sich auf das Bett, mit angezogenen, gespreizten Knien: den Ort des Gefechts völlig entblößt. »Ich könnte«, sagte sie, »die Frage nach dem Augenschein entscheiden; doch da ich richten soll, möchte ich so gewissenhaft wie irgend möglich vorgehen und, wenn es sein muß, sogar mein eigenes Maß verwenden. Beginnen wir also!« Sie ließ alle Fünfe vor sich hintreten und sich entkleiden; dann nahm sie ihren Schnürriemen und maß die Schwänze auf das Sorgfältigste sowohl der Länge wie der Dicke nach, und wog mit der Hand sogar geflissentlich das Gehänge. Das Betasten all dieser Schwänze beeindruckte sie so sehr, daß sie sich auf den Rücken fallen ließ und ihnen durch einige ruckartige Bewegungen des Arsches kundtat, daß sie eine Entladung hatte.

Alsbald wollten alle sie besteigen, doch sie hielt sie zurück: »Zuerst«, sagte sie, »will ich mein Urteil sprechen.« Der Älteste wurde dazu verdammt, die Weine und Liköre zu zahlen; Vernol hätte den Rest übernehmen müssen, wenn er nicht einstimmig von den Verpflichtungen der Abmachung, an der er keinen Teil hatte, entbunden worden wäre. Und so fiel dieses Glück dem zweiten zu, der fast so alt war wie der erste, aber kaum besser ausgestattet als Vernol. Er hatte ein ansprechendes Äußeres, und Rosa versprach ihm, um seinen sichtlichen Kummer zu verscheuchen, daß er der erste sein werde, der zur Prüfung schreiten dürfe; und diese begehrte sie mit aller Leidenschaft: all jene Schwänze, jene Gemächte hatten sie in einen wahren Taumel versetzt. Sie flehten, Rosa möge sie annehmen; die ließ sich nicht lange bitten; indem sie sich auf den Rücken legte, streckte sie demjenigen die Hand entgegen, dem sie es als erstem versprochen hatte und flugs sprang dieser auf sie und stieß seinen Speer in den Ring, den sie ihm darbot. Ihm folgte Vernol und die drei anderen, und zwar in der Reihenfolge, die sie nach den Ergebnissen des Wettbewerbs festgelegt hatte. Rosa, berauscht und von Samen überflutet, schwamm in der Lust; sie hatte eine Entladung nach der anderen und kaum Zeit, Atem zu schöpfen; kaum daß der eine den Turnierplatz verlassen, trat schon der nächste in den Ring.

Schließlich mußte man sich einen Augenblick ausruhen. Alle waren sehr erhitzt: mit Trinken, Lachen, Streicheln wurden die Pausen ausgefüllt. Rosa überließ sich ganz und gar den Küssen und wühlenden Händen der fünf Ficker. Sie litten nicht länger den geringsten Schleier auf ihr und hatten sie bald in den Zustand versetzt, in der sich die drei Göttinen beim Urteil des Paris befanden.

Jung und kräftig, wie sie waren, konnte keiner diesen Anblick lange ertragen, und wilder denn je stieg die Begierde in ihnen empor. Gerne hätte Rosa den Gürtel der Venus für eine Girlande von Mösen eingetauscht, um sie alle auf einmal empfangen zu können; doch da sie nur zwei Öffnungen hatte, änderte sie die Szenerie, indem sie den Dicksten und Längsten auf das Bett legte und sich über ihn beugte, die Brüste auf seinen Mund gepreßt; der am wenigsten Begünstigte legte sich auf sie, zwischen ihre Schenkel; und ein jeder nahm den Weg, der sich ihm auf diese Weise darbot; in ihren beiden Händen hielt sie jeweils den Schwanz von zwei anderen, und behielt ihren Mund Vernol vor, dessen Schwanz sie zwischen die Lippen nahm, um mit ihrer Zunge an ihm zu saugen.

Schließlich, inmitten der Säfte, die von überall herabrieselten, blieb Rosa siegreich, nachdem die Männer sich insgesamt zweiundzwanzigmal dem Kampf gestellt und sie selber neununddreißigmal das Schlachtfeld getränkt hatte. Sie war erschöpft, doch trunken vor Lust.

Ich sah sie am nächsten Tag und fand sie sterbenskrank, mit matten, verhangenen Augen. Überrascht, sie in dieser Verfassung zu sehen, horchte ich sie geschickt aus und drang so sehr in sie, daß sie und Vernol mir schließlich jene Orgie gestanden.

Ich dachte nicht daran, ihnen Ratschläge zu erteilen, denn ich sah nur allzu gut, wie vergeblich sie gewesen wären. Ich würdigte sie noch nicht einmal des Tadels, und ich zweifle nicht daran, daß sie, sobald sich die Gelegenheit dazu bot, es ohne weiteres wiedergetan haben. Doch das wollte ich gar nicht mehr wissen, und seither sah ich sie nicht wieder.

Rosa, eine Beute der hemmungslosesten Leidenschaft, die sie zum Abgott ihres Glückes erhob, unterlag ihr schließlich. Ihre Regel blieb aus, und es dauerte nicht lange, bis sie in einen Zustand völliger Erschöpfung fiel, dem qualvolle Blähungen folgten. Ihre Augen litten darunter, sie glich nur noch einem wandelnden Schatten. Ihre Fröhlichkeit verschwand, und ein durch ein schleichendes Fieber hervorgerufener Verfall führte sie bald darauf ins Grab.

Vernol, den sie in die gleiche Ausschweifung gestoßen hatte, befiel ein zersetzendes Fieber, von dem er sich nur mühsam erholte, und wenige Monate nach seiner Genesung richteten die Pocken ihre Verwüstungen bei ihm an und entstellten ihn gänzlich. Es ging ihm lange Zeit sehr übel, und seither siecht er dahin.

Mein Vater hatte diese Ereignisse vorausgeahnt; wir unterhielten uns oft darüber. Mehr denn je spürte ich, wie kostbar seine Fürsorge war, und mein Herz hatte Mühe, den aufblühenden Gefühlen standzuhalten, die es für ihn empfand. Wir schonten uns immer mehr; eher zärtlich, wollüstig und zart denn leidenschaftlich, verbrachten wir des öfteren ganze Nächte einer in den Armen des anderen, ohne ein anderes Vergnügen zu suchen als das, so dazuliegen und uns sanft zu liebkosen.

Zuweilen, wenn ich mir das Geschehene

ins Gedächtnis rief, erfüllte mich die Erinnerung daran mit tiefer Trauer, und in einer jener glücklichen Nächte, in der mein von ihm erfülltes Herz in Glückseligkeit schwamm, geschah es, daß er meinen Schmerz erfuhr, denn ich vergoß bittere Tränen. »Was hast du, geliebte Laurette? Warum weinst du? Deine Wangen sind naß.« — »Ach, lieber Papa, du kannst mich doch nicht mehr lieben, du wirst deine Tochter nicht mehr achten können. Ich begreife nicht, wie du die Ausschweifungen und Tollheiten meiner behexten Einbildung hast billigen und erlauben können, daß ich mich dazu hergebe, ich, die ich von dir und deinen Wünschen abhängig bin.« — »Bist du närrisch, teures Kind? Glaubst du etwa, ich machte meine Achtung und meine Freundschaft von Vorurteilen abhängig? Was liegt daran, ob eine Frau in den Armen eines anderen Liebhabers gewesen ist, wenn die Tugenden ihres Herzens, wenn ihre Ausgeglichenheit, ihr sanftes Wesen, ihr lebhafter Geist und die Anmut ihrer Person davon nicht berührt werden und sie noch zärtlicher Zuneigung fähig ist? Glaubst du, sie sei weniger wert als eine Witwe, auf die man einige Tropfen Wasser gespritzt und dabei Wörter gemurmelt hat, die ihr gestatten, vor aller Augen mit einem Mann zu schlafen und die Früchte dieser Vereinigung prahlend zur Schau zu stellen? Sag mir, ist sie nicht würdiger als manche dieser Witwen und angeblichen Jungfrauen, deren Verdienste weit geringer sind? Sind Frauen denn wie Pferde, die man nur dann für wertvoll hält, wenn sie neu sind? Höre meine Grundsätze, geliebtes Mädchen; ich wäre froh, wenn sie dich beruhigen und davon überzeugen könnten, daß ich dich ebenso zärtlich liebe und achte wie zuvor.

Nichts überrascht mich so wenig, wie jemanden eine Untreue begehen zu sehen, obwohl er im Herzen eine zärtliche Zuneigung zu jemandem trägt, den er als einzigen wirklich liebt; ich bin ein Beispiel dafür. Ich liebe dich, Laurette, und meine Liebe ist fast gleichzeitig mit der deinen entstanden; ich kann dir sogar versichern, daß ich dich schon, als du kaum sieben Jahre alt warst, als einzige liebte. Du allein erfüllst mein Herz. War ich dir deshalb nicht weniger untreu — mit Lucette, mit Rosa und sogar mit Vernol? Glaube mir, diese Handlung, die von der Beschaffenheit unserer Organe herrührt, ist zu natürlich, um unverzeihlich zu sein, während die Unbeständigkeit, die dem Gefühl entspringt, es nicht ist, solange der Gegenstand, dem wir durch die Bande der Achtung, des guten Glaubens, der Dankbarkeit und der Zuneigung verpflichtet sind, uns keinen Anlaß gibt. Auch muß sehr Schwerwiegendes vorliegen, wenn eine gänzliche Loslösung von dem einst geliebten Menschen berechtigt sein soll, so zum Beispiel ein boshaftes Herz, ein verbittertes Gemüt, tägliche Zornesausbrüche bei einem störrischen Charakter; doch ich war von einer glücklichen Wahl ausgegangen: hier verrät die Unbeständigkeit, wie mir scheint, ein leichtfertiges, undankbares, tückisches und schlechtes Herz. Nie würde ich einen solchen Menschen zu meinem Freunde machen. Denn jeder Mann, der fähig ist, heimtückisch und unstet gegenüber einer Frau zu sein, die zarte Gefühle und einen gefälligen, gebildeten Geist besitzt und sich ihm auf Gnade und Ungnade hingegeben hat, ist auch heimtückisch und unstet gegenüber seinem Freund; doch eine vorübergehende Untreue zeigt nichts anderes denn ein der Begeisterung fähiges Gemüt – einer Erregung fähig, die das Bedürfnis, die Gelegenheit oder auch unvorhergesehene Umstände, denen man sich nicht zu entziehen vermag, zu befriedigen nötigen.

Wir bestehen aus offensichtlichen Widersprüchen, und oft ist der Wille mit unseren Handlungen nicht einverstanden, weil sie nicht von ihm bestimmt worden sind. Häufig verspüren wir einen Drang, der Ergebnisse zeitigt, die uns widersprüchlich erscheinen mögen, wiewohl sie der gleichen Quelle entstammen, und derjenige, der in uns einen sechsten Sinn entdeckt hat, kannte dessen wahre Natur. Hängt es denn wirklich von unserem Willen ab, ob wir diesen Sinn wirken lassen oder nicht? Er untersteht nicht der Herrschaft des Willens. Ganz im Gegenteil: alles in uns unterliegt dem Organismus sowie dem Gären der Säfte, die diesen in Bewegung setzen. Nichts anderes kann sich dagegenstemmen noch sie verändern als allein die Zeit, die alles zerstört.

Unsere Sinne unterliegen bei der Vereinigung der Geschlechter Stimmungen, derer wir nicht Herr sind. Dieser oder jener Gegenstand beeindruckt, verführt, weckt bei den einen Wünsche, die er bei anderen nicht auslöst; ich habe viele Beispiele dafür gesehen. Haben wir uns einmal von einem Gegenstand gefangen nehmen lassen, dann zieht uns alles zu ihm hin: zuweilen mögen wir seine Laune und seinen Charakter hassen, dennoch weckt er in uns eine heftige Lust, wir spüren ihre Wirkung; der sechste Sinn erwacht, wir begehren, wir möchten ihn um jeden Preis genießen, ohne die Absicht zu hegen, uns an ihn zu binden, und oftmals fliehen wir ihn sogar, wenn wir ihn einmal besessen haben. Mit einem

Wort, ob feste Bindungen oder vorübergehende Neigungen – alles ist in dem Zyklus eingeschlossen, den wir zu durchlaufen haben. Wenn wir bei der Verfolgung unseres Ziels auf Widerstand stoßen, mischt sich sogleich die Eigenliebe ein, und wir gehen mit größerem Geschick zu Werke, um diesen Widerstand zu besiegen, als um dem zu Leibe zu rücken, was wir am meisten achten und lieben. Kurz, die Wollust, die Ehrsucht und der Geiz – Leidenschaften, die mehr oder weniger alle Menschen leiten und beherrschen – bestimmen uns und führen uns unausweichlich in eine Verkettung von Umständen, die den Stoff bilden, der unser Dasein umgibt, und diese drei Triebkräfte, liebe Laura, die man häufig mit prunkvollen Schleiern und harmlosen Namen schmückt, halten als einzige die Menschheit in Bewegung und regieren sie.

Hat einer von der Natur und der Rolle, die er spielen soll, ein Herz erhalten, das einer starken und dauerhaften Leidenschaft, einer zärtlichen Zuneigung fähig ist, so verbindet ihn die Ähnlichkeit von Gemüt und Charakter mit dem anderen. Die Vorstellung der Lust liegt dann ferner; man wird weniger von ihr berührt als von der Innigkeit einer Vereinigung voller Liebe und Wohlbefinden, welche die Geister und Sinne verbindet. Niederträchtig, wer aus eigenem Verschulden die Blumenbande lockert, welche die Freundlichkeit beseelt und unterhält; daher sind jene Ketten auch schwer zu zerbrechen, und diese Tatsache ist von weitaus bestimmenderem Einfluß auf die Menschen als alles sonst. Freilich kommen auch die Empfindungen der Lust ins Spiel, doch haben diese hier einen anderen Wert. In einem gewissen Alter klingt alles, was ich jetzt sage, liebe Laurette, wie ein Märchen; dennoch ist es aus der Natur geschöpft.

Schließlich kommt, mehr oder weniger langsam, die Gewohnheit, die, ohne die Gefühle auszulöschen oder jene liebenswerten Bande zu zerstören, dennoch der Wollust die Spitze bricht, jene Heftigkeit der Begierden dämpft, die ein neuer Gegenstand wieder aufleben läßt, Begierden, die unser Dasein bereichern und den Wert und Zauber des Lebens besser fühlen lassen; doch ist man darum nicht weniger gebunden. Wenn man genügend Vernunft und Festigkeit aufzubringen vermag, um eine Laune, einen flüchtigen Seitensprung, der die Eintracht einer innigen Verbindung zerstören könnte, zu opfern, gibt es kein Zaudern; doch zerstört die Eifersucht, wenn sie ihre Schlangen losschickt, sie nicht weit mehr als jene vorübergehende Untreue? und muß man sich nicht von Zeit zu Zeit ohne Verdruß und Plage den von der Natur auferlegten Gesetzen zu unterwerfen wissen, deren Macht so unbezwingbar ist? Horchen wir auf ihre Stimme, sie spricht überall: verschließen wir nicht unsere Ohren und unser Verständnis für das, was sie sagt und zeigt; in allem kündigt sie von der Vielfalt, auch wenn alles vergeht. Weshalb sich über ein Gesetz beklagen, dem wir ganz und gar unterworfen sind und das ebenso despotisch ist wie das der langsamen Zerstörung, die unser Dasein vernichtet? Nur die Eigenliebe und jener verhängnisvolle Egoismus sind schuld daran, daß wir uns ihm entgegenstellen. Nun denn! wir brauchen jenem Gesetz keinen Beistand zu leisten, denn es bedarf dessen nicht, doch wenden wir den Blick ohne Bitterkeit ab.

Viele Nationen, die diesen Grundsätzen näherstehen und von jenen ursprünglichen Eindrücken weit weniger abweichen, folgen ihren Trieben sehr viel leichter als wir, die wir uns vor lauter Manier und Schliff so weit von ihren Anfangsgründen entfernt haben.

Blicke, teure Laura, auf all die Tierarten, die unseren Globus bevölkern: sieht man hier Weibchen, die an die Männchen vom letzten Jahr gefesselt sind? Die Turteltaube, die nur deshalb so rührend beschrieben wird, weil sie unsere Eigenliebe weckt, bleibt nur so lange im selben Haushalt, wie ihre Familie sie braucht; oft sieht man sie noch im selben Sommer einen neuen Favoriten wählen. Suche nach weiteren Beispielen: sie sind sich überall gleich. Ziehen wir die Natur zu Rate: welches war ihr Ziel und was ihre Absicht? Die Fortpflanzung der Arten, und sie hat die Vereinigung der Geschlechter nur deshalb mit so viel Lust bedacht, um auf angenehme und damit sichere Weise an dieses Ziel zu gelangen. Und bei unserer Gattung ist die Lust sogar so ausgeprägt, daß sie uns häufig gegen unseren Willen handeln läßt. Wenn ich mich mit dir von diesem Ziel abgewendet habe, so deshalb, weil unsere Sitten und Vorurteile mich dazu gezwungen haben; doch ist diese Absicht so stark, daß ein gesunder Mann, der mehrere fruchtbare Frauen genießt, sich so oft fortzupflanzen vermag, wie er mit ihnen verkehrt. Und wenn man auch bei beiden Geschlechtern zuweilen Individuen findet, die diesen Zwekken nicht entsprechen, so liegt das an einem vorübergehenden Fehler ihrer Konstitution, der nicht das allgemeine Gesetz aufhebt.

Ich gestehe, daß diese den Männern erwiesene Gunst nicht auf die Frauen zurückfällt; denn diese können gewöhnlich nur ein einziges Wesen hervorbringen. Auch mehrere Männer würden keine weiteren zum Erblühen bringen, und eine zu eilige Mischung könnte sogar den befruchteten Keim vernichten, wenn er noch nicht fest genug sitzt, ganz abgesehen von den lästigen Folgen einer solch vielfältigen Mischung. Hat jedoch der erste Keim schon tiefe Wurzeln geschlagen und belebt kurz danach derselbe oder ein anderer Mann einen neuen Keim, so kann eine zweite Frucht entstehen, manchmal sogar eine dritte, doch liegen diese Fälle bei unserer Gattung nicht im üblichen Lauf der Natur.

Wenn diese Natur die Männer begünstigt, so war sie den Frauen gegenüber doch nicht ganz ungerecht oder stiefmütterlich gesinnt: diese tragen eine Leere in sich, die ein ständiges Bedürfnis, ein von ihnen unabhängiges Verlangen auszufüllen strebt. Wenn eine Frau es nicht kann oder nicht will, so ruft ein Gefühl, das stärker ist als sie und alle ihre Vorurteile, nach einem Ersatz; doch die Wahl hängt einzig von ihrer Neigung ab. Warum auch sollte sie die Annäherungen und Liebkosungen von jemandem ertragen, der ihr mißfällt? Was vermag eine Vereinigung wohl hervorzubringen, welche sie verabscheut und gegen welche sie sich auflehnt? Nichts, oder nur Mißgeburten, vor denen sie zurückschaudert. Unter solchen Umständen, die nur allzuhäufig vorkommen, täte die Hilfe einer völligen Trennung dringend not. Die Frauen haben aufgrund ihres Wesens und ihrer Konstitution das Recht zu wählen und sogar zu wechseln, wenn sie sich getäuscht haben. Und wer täuscht sich nicht? Kurz, dieses ihnen angeborene Recht macht sie unbeständiger als die Männer, denen die allgemeinen Gesetze größere Treue verdanken.

Wenn wegen der Konstitution ihres Geschlechts ein höherer Grad von Wollust in ihnen ruht, eine heftigere und dauerhaftere Lust als die unsere, die sie in gewisser Weise für die Unglücksfälle und die Schmerzen entschädigt, die sie erdulden müssen, ist es dann nicht ungerecht, es ihnen als Verbrechen anzulasten? Hängt ihr Temperament denn von ihnen ab? Von wem haben sie es erhalten? Ihre Einbildungskraft, die leichter zu beeindrucken ist als die unsere, wird infolge der Zartheit und Empfindsamkeit ihrer Organe sehr viel heftiger berührt; ihre übermäßige Neugier und jenes lebhafte Temperament zeigen ihnen Bilder, die sie aufrühren und denen sie um so leichter erliegen, als der gegenwärtige Augenblick im allgemeinen auch derjenige ist, der sie am stärksten erregt.

Verscheuchen wir also den von Eifersucht und Eigenliebe erzeugten Zwang; bald werden sie von selbst zurückkehren und ihren Verlust besser zu erkennen wissen als wir Männer. Freilich mag es Ausnahmen geben, doch wo findet man die nicht? Lernen wir, auf ihr Wesen einzugehen; erleichtern wir ihnen das Joch, das ihnen auferlegt wurde; schmücken wir mit Blumen die Bande, in denen sie liegen, um ihren Geist zu fesseln, ihr Herz zu bezwingen und ihre Unbeständigkeit zu befestigen, die sie von der Natur empfangen haben. Vergeben wir ihnen eine Untreue, wenn es nötig ist, damit sie sich uns nicht entfremden; ohne dies wäre der schöne Teil der Menschheit allzu unglücklich. Das sind die Grundsätze, die man zwar nicht allgemein gebilligt, die aber in vielen Ländern und Erdstrichen befolgt werden.« – »Sag, lieber Papa, wenn nun die Frauen, anders als die Männer, kein Recht auf Untreue erhalten haben, warum sieht man dann so viele von ihnen, die sich nicht nur ein solches anmaßen, sondern es noch sehr viel weiter treiben, nämlich bis in die Öffentlichkeit hinein? Diese Neigung muß demnach ebenso von der Konstitution unseres Geschlechts herrühren wie von der des deinen.« – »Irrtum, meine Tochter; bei deinem Geschlecht handelt es sich hierbei um eine übermäßige Abweichung von den allgemeinen Gesetzen der Natur, eine Abweichung, zu der die einzelnen durch eine Verkettung von

Umständen getrieben werden, bei der oftmals auch das Bedürfnis mitspielt, die Neigung aber keinen Anteil hat und in welcher die meisten nur kraft eben derselben Umstände verharren, oder infolge von Trägheit, Gewohnheit, Naschhaftigkeit, Selbstverachtung und vieler anderer Gründe, die ich dir nicht im einzelnen darlegen kann. An den Folgen kannst du sehen, daß sich die Natur sogar heftig dagegen wehrt, denn diese Abweichung bringt in ihrem ersten Stadium Leiden mit sich, mißliche Beschwerden und alles Unheil, das man sich nur vorstellen kann, Auswirkungen, die durch die Untreue der Männer nicht entstehen, sofern sie keine öffentlichen Häuser besuchen.

Als erstes muß ich einen Vergleich ziehen, der dir jene allgemeinen Gesetze der Natur klarer und verständlicher machen wird. Wenn man in zwanzig verschiedene Gefäße ein und dieselbe Flüssigkeit gießt, diese dann in das Gefäß zurückfüllt, aus dem sie stammt, so ändert sich ihr Wesen nicht, sondern wird höchstens durch die Umfüllung abgeschwächt. Wenn man jedoch in ein und dasselbe Gefäß zwanzig verschiedene und ungleichartige Flüssigkeiten gießt, so entsteht eine Gärung, welche die natürliche Zusammensetzung dieser Flüssigkeiten verändert; wenn man nun dieses Gefäß leert, ohne es auszuspülen oder auszuwischen, so genügen die von der gegorenen Flüssigkeit verunreinigten Wände des Gefäßes, um das Wesen einer einzigen der zwanzig Flüssigkeiten zu verändern, sobald man sie abermals hineingießen würde, und dasselbe würde geschehen, wenn man einen Tropfen dieser geronnenen Mischung in einen Behälter täte, der nur eine einzige dieser Flüssigkeiten enthielte.

Aus diesem Beispiel folgt: wenn ein gesunder Mann sich mit mehreren Frauen vereinigt, kann keinerlei Schaden daraus erwachsen; es ist ein und dieselbe Flüssigkeit, die in mehrere Gefäße gegossen wird; wenn aber eine Frau, so gesund sie immer sein mag, kurz hintereinander sich mit mehreren Männern vereinigt, die nicht verunreinigt sind, so wird diese Vielfalt von Samen wegen der Gärung, welche die Wärme des Ortes noch begünstigt und beschleunigt, die gefährlichsten Folgen zeitigen.

Wenn ein Mädchen, eine junge und hübsche, ledige, unabhängige Frau, die jedoch aus der Hefe des Volkes stammt und folglich ungebildet, unsauber und unachtsam ist, sich der Öffentlichkeit preisgegeben sieht — sei es aufgrund ihres eigenen Bedürfnisses oder aufgrund desjenigen von alten Spitzbübinnen, die auf ihre Reize ihren Vorteil gründen und sie zu diesem schlimmen Lebenswandel verleiten, oder sei es aufgrund der Folgen eines Verhältnisses, in das die Verführung der Männer sie gestoßen hat, oder schließlich aufgrund ihres Temperaments oder ausschweifenden Charakters –, mehrere Männer an einem Tage empfängt, und zwar unmittelbar hintereinander, dann ist es die Regel, daß sie über kurz oder lang verunreinigt wird. Hier sind es verschiedene Flüssigkeiten, die in ein und dasselbe Gefäß gegossen werden; sie kann sogar einen sehr beißenden weißen Ausfluß bekommen: Rückstände eines schlechten Menstruationsblutes, oder Gebärmuttergeschwüre.

Die Samen jener verschiedenen Männer, die je nach Temperament und Gesundheitszustand der einzelnen äußerst ungleich sind – manche zum Beispiel haben Hautkrankheiten, was sie noch stärker auf Frauen erpicht macht, oder ganz gewöhnliche Krankheiten, welche die Zeugungskraft nicht beeinträchtigen –, die in ein und demselben Ort miteinander vermischt werden, wo sich zuweilen bereits eine verderbte Flüssigkeit befindet: diese Samen geraten durch die Wärme leichter und schneller in Gärung, werden bitter, verwandeln sich in Säuren und werden ein um so schleichenderes Gift, als die Materie, die sie erzeugt hat, selber giftig ist; was beweist, daß die Frauen nicht zur Untreue geschaffen sind und noch viel weniger zur Prostitution.

Nach dieser Übersicht, die auf der gesunden Physik, der Vernunft und der Erfahrung gründet, steht es außer Zweifel, daß von dem Augenblick an, da es Frauen gab, die jener allgemeinen Preisgabe anheimfielen, sich die Seuche an den Quellen des Lebens verbreitet und heute unglücklicherweise immer weiter um sich gegriffen hat, und vom niedrigsten Pöbel, wo sie wahrscheinlich ihren Ausgang genommen hat, ist sie bis zu den Großen gestiegen.

Doch da es sie nun einmal gibt, ob akut oder latent, ist es zweifellos erforderlich, daß aufgeklärte Menschen, die sich in langen Erfahrungen Kenntnisse erworben haben, nach Mitteln suchen, die sie aufzuhalten vermögen, und diese bekanntgeben, sobald sie sie gefunden haben. Es gibt, meine liebe Laura, solche wohltätigen Menschen, die, ohne den Tadel und das Geschrei der Toren zu fürchten, nicht nur ihren Zeitgenossen nützlich sind, sondern mehr noch der Nachwelt, indem sie ungeschminkt und unverstellt alle Kenntnisse enthüllen, die sie sich erarbeitet haben, auf daß es gelingen möge, den Schäden, die aus der

Prostitution der Frauen erwachsen, zu begegnen.

Und hier, liebe Laurette, erweist sich ein weiterer Vorteil des Schwämmchens, doch es allein genügt nicht; zuvor muß man es mit einer Flüssigkeit tränken, in der sich in winzigen Mengen ein Salz befindet, das sich kraft seiner Präparierung — es ist ein kräftiges Alkali — sehr schnell mit den Säuren der verderbten Flüssigkeit verbindet, sofort ihre Wirkung aufhebt, sie zerstört, sie rasch in neutrale Salze verwandelt und folglich bei der Vereinigung der Geschlechter vor Ansteckung schützt.

Wenn eine Frau den Schwamm in dieses präparierte Wasser taucht und ihn sich einführt, kann sie sich gefahrlos mehreren Männern hintereinander hingeben und sogar einen kranken Mann empfangen; oder sie muß das Schwämmchen, um der größeren Sicherheit willen, an seiner kleinen Schnur herausziehen und sich augenblicklich mit demselben Wasser ausspülen oder sich jedesmal von neuem einen mit dieser Mixtur getränkten Schwamm einführen; später kann man dieses Schwämmchen gründlich in purem Wasser auswaschen und es von neuem verwenden, wenn man es mit dem präparierten Wasser tränkt.

Wenn nun ein gesunder Mann sich mit einer ungesunden Frau vereinigt, so kann er ihr ebenfalls das mit dieser Mixtur* getränkte Schwämmchen einführen, wobei er jedoch zusätzlich, sobald er sich zurückgezogen hat, auch sein Glied in jenes Wasser tauchen sollte, das möglichst in einem Gefäß aus Glas, Stein-

* Man nehme achtzehn Körner ätzenden Quecksilbersublimats, die in einem gläsernen Mörser mittels eines ebenfalls gläsernen Stößers zu feinem Staub zerrieben wurden; darunter mische man eine kleine Menge Weingeist, besser noch Weizengeist, auf welche Weise man verhindert, daß der feine Staub verfliegt; zum Schluß, wenn diese Mischung gut verrührt ist, füge man zu ihrer Vollendung noch eine etwas größere Menge Weingeist hinzu. Nun gieße man einen Aufguß von Schweizer Wundkraut hinein: dieser Aufguß wird aus einer Menge von etwa drei Prisen wie Tee zubereitet. Das ganze verdünne man nun mit zwei Quart des allerklarsten Wassers, welches in einem Glasapparat über einem Aschenfeuer destilliert wurde, so daß kein Selenit oder irgendwelche andere Salze mehr darin enthalten sind. Zu dieser Mischung gebe man noch zwei Quart Kalkwasser, was insgesamt also vier Quart Flüssigkeit ergibt.

Zur Erzeugung des Kalkwassers nehme man zwei Pfund Kalk, den man zunächst ganz langsam löscht und ihn sodann so lange verdünnt, bis man zwei Quart klare Flüssigkeit erhält, die man durch ein dünnes Tuch oder Seihpapier in die erste Mischung fließen läßt. Dieses Kalksalz verändert die Natur des Quecksilbers: es verbindet sich mit ihm, verwandelt es in ein Alkalisalz, welches, wenn es mit dem sauren Salz des Virus in Berührung kommt, dieses neutralisiert und seine Wirkung aufhebt.

Diese Mischung genügt und ist die beste; freilich kann man noch achtzehn Körner flüchtiges Hirsch- oder Schlangenhornsalz hinzufügen, was jedoch überflüssig ist.

Man kann den Frauen Waschungen und Spülungen gar nicht genug empfehlen, denn sie bedürfen der allergrößten Reinlichkeit. In Ländern, in denen Bäder zum täglichen Gebrauch gehören, kommen Geschlechtskrankheiten weitaus seltener vor, was beweist, wie notwendig solche Waschungen sind.

gut oder Porzellan aufzubewahren ist, und sicherheitshalber dieses Wasser mit einer Spritze aus Elfenbein, nicht aus Metall, in die Harnröhre injizieren; sollte er an dieser Stelle sehr empfindlich sein, so kann diese Mixtur zur Hälfte mit Rosenwasser oder Wegerich verdünnt werden. Ich erzähle dir nichts, liebe Laura, was nicht durch zahlreiche Erfahrungen bestätigt wäre.

Ich könnte dir, teure Laura, noch viele weitere Gründe nennen, um dir zu beweisen, daß die Natur den Frauen nicht dasselbe Recht zur Untreue eingeräumt hat; doch es steht fest, daß sie in ihr Herz und Wesen mehr Unbeständigkeit gelegt hat als in unser Geschlecht. Wir sind glücklich, wenn ein Gegenstand uns sinnlich berührt; und dieses Ereignis nicht auszulöschen, sollte es uns auch einiges kosten, muß ein kleines Opfer gebracht werden, um den völligen Verlust zu vermeiden.«

Götter! geliebte Eugenie, wie gut vermochte er in meinem Herzen zu lesen! das wirst du sicherlich zugeben wie ich. Mit dieser Darstellung seiner Gefühle befreite er mein Herz von einer Last, die es nicht länger ertrug; er gab ihm seine Ruhe zurück und erfüllte es mit großer Freude. Indes wollte ich noch einen Zweifel erhellen, der mir über unseren Aufenthalt auf dem Lande gekommen war, und ich wünschte, daß meine Vermutung bestätigt würde, um jede Wiederkehr der Trauer, die ich verspürt hatte, zu verhindern, doch konnte ich diesen Nutzen aus der Frage, die ich ihm stellte, nicht gewinnen: »Lieber Papa, ich möchte dir noch eine Frage stellen, und ich bitte dich, sie mir unverhohlen zu beantworten.« — »Aber, teure Laurette, was sollte ich gegen dich haben, daß ich dir ein solch unwürdiges Beispiel gäbe, nachdem ich mich immer bemüht habe, dich stetige Offenheit zu lehren? Sprich, ungeschminkt soll die Wahrheit aus meinem Munde kommen.« — »Als wir zum erstenmal mit Rosa und Vernol auf dem Lande waren, bin ich, nachdem ich dich sagen hörte, unter welchen Bedingungen du auf meine Narrheiten eingehen würdest, zu der Überzeugung gelangt, daß der Liebreiz jenes schönen Knaben deine Begierde geweckt hatte, so wie er auch mich erregte, und daß du, um dich seiner zu erfreuen, der seinigen nachgegeben hast, indem du jene Bedingung von ihm fordertest. War meine Überzeugung begründet?« — »Wie sehr hast du dich getäuscht, mein liebes Kind! Ich begehrte ihn freilich; und du sahst auch die sichersten Anzeichen dafür; nun, wer hätte das nicht getan? Doch der wirkliche Beweggrund war der Reiz und der Zauber, der deine Person umgab; freilich kam auch der Schauplatz hinzu, doch Vernol hatte keinerlei Einfluß darauf. Ich gestehe dir sogar, daß ich die Neigung vieler Männer für ihr eigenes Geschlecht für mehr als absonderlich halte, wiewohl sie bei allen Völkern der Erde weit verbreitet ist. Abgesehen davon, daß sie alle Gesetze der Natur verletzt, erscheint sie mir ungereimt, es sei denn, es herrsche ein völliger Mangel an Frauen; dann allerdings ist das Bedürfnis das erste aller Gesetze. Dies läßt sich in Internaten, Gymnasien, auf Schiffen oder in Ländern beobachten, wo man die Frauen eingesperrt hält, und leider wird diese Neigung, ist sie einmal gefaßt, für immer bevorzugt. Die Zuneigung der Frauen hingegen füreinander sehe ich nicht mit den gleichen Augen; ich halte sie nicht für ungewöhnlich, und sie liegt sogar in ihrer Natur, alles drängt sie zu ihr hin, wiewohl sie nicht den allgemeinen Ansichten entspricht; zumindest vertreibt sie für gewöhnlich nicht ihre Neigung zu Männern. Der fast allgemeine Zwang, unter dem sie stehen, die Mauern, hinter denen man sie einsperrt, gibt ihnen den trügerischen Gedanken ein, daß Glück und Lust in den Armen einer anderen Frau, die ihnen gefällt, zu finden sei. Hier gibt es keine Gefahr, keine Eifersucht von seiten der Männer, keine üble Nachrede, vielmehr zuverlässige Verschwiegenheit, mehr Schönheit, Anmut und Frische: alles Gründe, liebes Kind, die eine zärtliche Leidenschaft für eine Frau in ihnen wecken! Bei den Männern ist es anders, nichts drängt sie dazu; im allgemeinen fehlt es ihnen nicht an Frauen, und der Weg, den sie suchen, ist nicht weniger gefahrvoll als derjenige, den sie bei den Frauen fliehen; kurz, er scheint mir allem zuwiderzulaufen, und du wirst dich wohl erinnern, daß ich nur ein einziges Mal, nämlich mit Vernol so gehandelt habe. Wenn diese gekünstelte Liebe unter Männern mir mehr als wunderlich erscheint, glaube ja nicht, daß ich bei Frauen das gleiche denke; ein kärglich ausgestatteter Mann wird, statt den breiten Weg zu beschreiten, besser daran tun, die schmale Pforte zu nehmen, um danach mit wohltuendem Tau das Feld zu besprengen, das er besäen soll. Doch mehr noch: es gibt Frauen, die nur auf diese Weise erregt werden können, und bei ihnen ist dieser Pfad fast immer ohne Dornen.

Dies sind also die Gründe für mein Verhalten gegenüber Vernol: meine übergroße Liebe und Zuneigung zu dir, meine vorurteilsfreie Denkungsart, der lebhafte Wunsch, dir auf jede erdenkliche Weise zu gefallen und dein ganzes Wohlwollen zu besitzen, schließlich der Wunsch, daß du den Unterschied zwischen den verschiedenen Gefühlen der Männer kennenlernen mögest (denn du hast wohl gemerkt, daß die Leidenschaft Vernols kein anderes Ziel hatte als den Genuß) – all diese Beweggründe haben mich veranlaßt, deinem Verlangen nachzugeben, das du auch ohne mein Wissen hättest stillen können, wenn ich andere Maßnahmen ergriffen hätte; ein Verlangen schließlich, das dich dazu verleitet hätte, mich als einen eifersüchtigen Tyrannen zu betrachten, wenn ich mich dagegen gesträubt hätte, und auf ewig wäre ich deiner Zärtlichkeit und jenes Herzens verlustig gegangen, das ich niemanden gönne. Doch wollte ich auch nicht, indem ich dich den Armen Vernols überließ, daß er sich auf meine Liebe zu dir beruft und daraus ein Recht ableitet, sich einen Reim darauf zu machen oder nachteilig darüber zu sprechen. Ich hatte sogar den Wunsch, daß er, wie auch Rosa, sich an das Glück, das er in deinen Armen genoß, nicht solle erinnern können, ohne zugleich daran denken zu müssen, daß er es mit seiner Person bezahlt hatte, und daß diese Überlegung seine Gedanken und seine Zunge im Zaum halten sollte. Ich tat dies aus um so berechtigterem Grund, als die Männer im Verkehr mit Frauen im allgemeinen weder vorsichtig noch verschwiegen sind. Ein weiterer Beweis für meine Offenheit und meine wirklichen Ansichten: Rosa hat in dieser Hinsicht kein Angebot von mir erhalten, obwohl dies, wie ich bereits sagte, bei einer Frau weit natürlicher ist und sie fast immer dabei gewinnt; doch war sie mir nicht vonnöten; wenngleich es das erstemal gewesen wäre, daß sie es versucht hätte, habe ich Vernol diesen Vortritt gelassen: urteile selbst, ob du dich getäuscht hast.«

Ich nahm meinen Vater in die Arme, preßte ihn an mein Herz und meine Brust, ich erstickte ihn: »Über alles geliebter Papa, mehr denn je fühle ich, wie groß deine Freundschaft und Liebe für deine Laurette ist. Jeder Augenblick meines Tages soll von nun an einzig dazu dienen, dir die meine zu beweisen; meine Fürsorge, meine geheimsten Gedanken, die ich dir eröffnen will, schließlich die Beständigkeit und Treue meiner Zärtlichkeit für dich werden immerwährende Zeugnisse und sichere Beweise dafür sein.« Zahllose Küsse und Liebkosungen waren der Lohn.

Etwa vier Jahre lang erfreute ich mich an seiner Seite einer sanften, beschaulichen Ruhe, in der meine Glückseligkeit bestand; fürsorglich und umsorgt, liebevoll und geliebt, waren meine Tage von Lust und Glück durchwoben, als sie nach Ablauf dieser Zeit durch Lucettes Tod getrübt wurden. Die Erinnerung an sie war mir noch immer teuer. Sie war die Frucht der aufrichtigen Freundschaft, die wir füreinander hegten; bei allem wurde ihr Verhalten von der zärtlichen Zuneigung bestimmt, die sie für meinen Vater und mich empfand.

Ich hatte den Unterschied zwischen ihr und Rosa nur allzu gut kennengelernt und maß ihrer Freundschaft einen ganz anderen Wert bei; doch dieser Verlust, den ich erlitten hatte, war nur eine Vorbereitung auf die Qualen und den schwärzesten Kummer, den ich noch erleiden mußte. Was soll ich dir weiter erzählen, Eugenie? wozu den Schmerz beleben? Noch immer bricht mein Herz bei dem Gedanken an mein Unglück; noch immer fühle ich dieselben Ängste mit gleicher Kraft bei der Beschreibung dieses Geschehnisses; nein, ich kann nicht darüber hinweg.

. . . .

Ich nehme die unselige, grausame Erzählung, die ich unterbrechen mußte, wieder auf, geliebte Freundin; ich war nicht mehr ich selbst, mein Herz blutete; meiner zitternden Hand entfiel die Feder, Tränen erstickten mich, meine verdunkelten Augen vermochten den Tränenstrom nicht mehr aufzuhalten, den du mir entströmen sahst und den deine trostbringende Freundschaft getrocknet hätte, wenn ich bei dir gewesen wäre. Nun endlich gibt mir mein etwas erleichtertes Herz die Freiheit wieder, dir mein Unglück vor Augen zu führen.

Wie du weißt, stand ich in meinem zwanzigsten Lebensjahr, als mir mein Papa, der zärtlichste und liebenswerteste und zugleich der geliebteste aller Väter, dessen Leben ich mit meinem Blut erkauft hätte und dessen Verlust für mich nicht wiedergutzumachen ist, durch eine Lungenentzündung entrissen wurde, vor der ihn keine ärztliche Kunst zu retten vermochte. Ich wich nicht von seiner Seite, Tag und Nacht saß ich an seinem Bett, das ich mit meinen Tränen näßte; ich bemühte mich, sie zu verbergen; mein Mund hing an seinen Händen. Dieser Anblick schmerzte ihn; er hätte mir den seines Zustandes gerne erspart; er versuchte, mich fernzuhalten, doch gelang es ihm nicht, meine Zustimmung zu erhalten; ich hörte auf nichts; kaum vermochte ich auf die Ratschläge zu achten, die er mir gab; denn er wußte um seine Lage und ertrug sie standhaft. Schließlich traf mich dieser Schlag, und ich empfing auf meinen Lippen seinen letzten Seufzer. Oh, welch ein Verlust für mich, Eugenie! noch immer benetzen meine Tränen das Papier, dem ich diese schmerzliche Erzählung anvertraue. Ich war ihm tausendmal mehr verbunden, als wenn er mein wirklicher Vater gewesen wäre. Er hat mich mit dem Grafen von Norval bekannt gemacht, dessen Vergnügen ich das Licht der Welt verdanke; ich habe ihm ohne Gemütsregung und ohne anderes Interesse als das der Neugier ins Auge gesehen; mein Herz blieb stumm. Einzig der Wunsch, denjenigen kennenzulernen, der zu meinem Dasein mit beigetragen hat, leitete mich. Wo ist sie denn, fragte ich mich, jene innere Stimme, die uns zu jenen drängt, denen wir das Leben verdanken? ... Eitle Reden, Trugbilder! Wohl spricht unser Herz, doch nur zu denen, die unser Glück geschmiedet haben.

Schließlich hatten mein düsterer Schmerz, die Verwirrung meiner Sinne, mein zerrissenes Herz alle Ruhe und allen Schlaf von mir genommen. Der Brand zerfraß meine Adern, und ich wurde selber sehr krank. Ich wollte sterben, doch meine Stunde war noch nicht gekommen, und meine Jugend war eines der Mittel, dessen das Schicksal sich bediente, um mich zu retten. Sobald ich wieder bei Kräften war, hatte ich keinen anderen Gedanken, als mich lebendig zu begraben; alles hatte ich verloren; das Leben war mir verhaßt. Ein Kloster war das einzige Ziel meiner Wünsche; hätte ich jemals hoffen können, hier eine Linderung meiner Schmerzen zu finden? Mein Kummer wäre heute noch ebenso groß, wenn er in deinen Armen nicht ein wenig gemildert worden wäre. Laß mich dir, schöne zärtliche Freundin, zu meiner eigenen Freude jene Bilder der süßen Augenblicke beschreiben, die ich in deiner Nähe verbrachte und in denen du die Wunden meines Herzens mit heilsamem Balsam gepflegt hast. Diese Zuneigung, die man Sympathie nennt, jene Anteilnahme, mit der man Unglücklichen begegnet, kraft der ähnlichen Lage, in der man selber sich befindet, haben dich Freundschaft zu mir fassen lassen, kaum, daß ich in deinem Kloster angekommen war, in dem ich mich niederlassen und ungehindert weinen wollte. Du erfaßtest den Zustand meines Herzens, ohne die Ursachen zu kennen, du trocknetest meine Tränen, du verließest deine Zelle, um meine Wehmut zu zerstreuen. Deine Jugend, deine Anmut, deine Reize und dein wacher Geist verliehen deinen Worten Gewicht; doch sahest du, daß die Einsamkeit der Nacht alle Fürsorge zerstörte, die du am Tage auf mich verwandtest. Schließlich gelang es dir, meinen Kummer und mein Bett zu teilen. Wie überrascht war ich über die Schätze, die dein Schleier und deine Kleider verbargen! Dieser Augenblick belebte aufs heftigste die Erinnerung an meine Qualen! Du sahst meine Tränen fließen, du warst überrascht; du wolltest die Ursache erfahren und ein Geheimnis aufdecken, das du seither so gut zu lüften wußtest.

Mir lag an nichts mehr; völlige Leblosigkeit hielt mich gefangen; ohne das Gefühl meines Schmerzes hätte ich kaum gewußt, daß es mich gab. Ich wußte, wie not mir eine Freundin tat; doch hoffte ich nicht mehr, eine solche zu finden, wie ich sie mir wünschte, und zu jener Zeit spürte ich nur um so stärker, wie sehr Lucette mir fehlte; ich rechnete nicht damit, sie ersetzen zu können. Noch weniger konnte ich hoffen, eine solche hinter der Maske zu finden, die dich bedeckt. Dein Charakter, dein Wesen, deine Seele zeigten sich mir ungeschminkt und gesellten sich zu einer liebreizenden Gestalt; eine Zeitlang prüfte ich sie, und alle meine Beobachtungen schlugen zu ihren Gunsten aus. Schließlich weckten deine Freundschaft und deine Offenheit auch die meine. Deine Bekenntnisse wurden durch die meinen belohnt, und ich fand in deinen Armen die Linderung, die zu geben du dich bemühtest. Mit welcher Freude entsinne ich mich noch jener Nacht, als du mir sagtest: »Liebe Laurette, teure Freundin, ich weiß, daß dein Kummer groß ist; doch wenn ich ihn dadurch, daß ich dir den meinen anvertraue, ein wenig zu stillen vermag, so hätte ich zumindest die Befriedigung, deinen Schmerz verringert zu haben.« Du glaubtest zu Recht, daß ich, als du mich das Geheimnis meines Herzens mit so großer Zurückhaltung wahren sahst, auch das deine würde hüten können. Du hast dich nicht getäuscht, und mir ist, als hörte ich dich sagen: »Höre, meine Freundin, ich liebe, ja, ich liebe so zärtlich, wie man nur lieben kann, und habe das grausame Mißgeschick, in Nonnentracht leben zu müssen. Honigsüße, scheinheilige Beginen haben meine unerfahrene Jugend mit Mauern und Gittern umgeben und in ihr höllisches Gefängnis gezogen. Meine Unwissenheit sowie Gelübde und Vorurteile sind meine Pein; ich bin das Opfer der Begierden, meiner Henker. Des Nachts flieht der Schlaf meine Augen, und Tränen bemächtigen sich ihrer; des Tags ist mir alles zuwider und lästig; meine Seele ist aufgezehrt: kannst du meinen Zustand ermessen? Frei wie du bist, kannst du zumindest furchtlos deinem Geliebten die Reize darbringen, die ich gesehen habe und die ich berühre.«

Deine Hand, die du auf meine Brust legtest, ließ mich erschauern: »Ach, teure Eugenie«, sagte ich seufzend zu dir, »dies ist der

Tag meiner Verzweiflung! Ich habe den Geliebten verloren, den ich anbetete, der Tod hat ihn mir entrissen. Götter! daß er nicht hier sein kann! aber er ist es doch, ja er, den ich in Armen halte!« Und ich drückte dich an meine Brust; du warst ein Trugbild. Aber ach! der Anblick deiner Reize rief mich zu mir selbst zurück; was dir fehlte, zerstörte das Blendwerk meiner Einbildung und das Wahngebilde, das sie sich schuf. Indessen sagte mein Mund viel Lob über dich, das du wohl verdientest. Deine Brust, deine Taille, dein Popo, deine Schenkel, dein Hügel und deine Haut – alles gab mir Anlaß dazu. »Welch ein Glück«, rief ich aus, »für deinen Geliebten und für dich, wenn er dich in seinen Armen halten könnte, wie ich dich in den meinen halte!« Du wolltest dich unterrichten, alles wissen, du zaudertest, du versuchtest, mich auszufragen, und wagtest es nicht. Ich sah dich Mut fassen; schließlich überwandest du dich und fragtest mich, ob ich die Lust kenne und ob sie wirklich so groß sei. Ich bejahte es und gab dir eine Beschreibung von ihr, die dich entzückte, ohne daß du sie dir vorzustellen vermochtest. »Du mußt sie erleben. Wie denn! schon über siebzehn Jahre alt sein und sie nicht kennen? Wenn du willst, werde ich dir zumindest zeigen, was am Wonnevollsten an ihr ist.« Deine Neugierde, dein Verlangen, welches meine Liebkosungen in dir weckten und das Feuer der Wollust durch alle Teile deines Körpers rinnen ließ, machten dich willig. Der Wunsch, dich meinerseits zu trösten und das Dunkel deiner Unwissenheit zu erhellen, unterbrachen meinen Kummer. Du ließest dir meine Lektionen gefallen; ich spreizte deine Schenkel, streichelte die Lippen deiner kleinen Möse, deren Rosen noch kaum erblüht waren; ich wagte nicht, den Finger hineinzustecken; du warst noch nicht soweit, als daß du den ersten Schmerz als einen Weg zu noch höherer Lust hättest betrachten können. Bald erreichte ich den Thron der Wollust, und deine bezaubernde Klitoris, die ich streichelte, warf dich in eine Verzückung, aus der du kaum zurückfandest. »O Gott!«, sagtest du, »meine liebe Laurette, welche Wonnen!« und dann nahmst du mich deinerseits als deinen Liebhaber an; ich wurde mit Küssen bedeckt; deine Hände irrten über meinen ganzen Körper; du wolltest mir den Dienst vergelten, den ich dir soeben erwiesen hatte, doch mein noch allzu klammes Herz war nicht dazu bereit, und ich hielt deine Hand zurück. Ich nahm dich bald wieder in meine Arme, erneuerte meine Zärtlichkeiten und lehrte dich noch mehr über den ersten Augenblick des Genusses. Du warst erregt und leicht zu überzeugen. »Nun denn!«, sagtest du, »mit diesem bezaubernden Eifer, der dir so gut zu Gesichte steht, mach mit mir, was du willst.« In eine Hand nahm ich deine kleine Möse, steckte einen Finger hinein, und rieb dich mit der anderen. Der Schmerz, der sich der Lust beigesellte, ließ dich diese noch beglückender finden. Ich bin es, liebe und zärtliche Freundin, ja ich bin die glückliche Sterbliche, die deine Jungfernschaft gepflückt hat, jene so seltene und begehrte Blume!

Nun, da ich mich dir gegenüber freier fühlte, die du soeben den Zauber der Wollust erfahren hattest, fürchtete ich nicht mehr, dir mein ganzes Herz zu eröffnen und dich alle seine Pfade durchlaufen zu lassen und dir mit kurzen Worten das zu erzählen, was ich hier in allen Einzelheiten niederschreibe. Wenn es der Lust und meiner Hand gelungen ist, dich von den Fesseln der Unwissenheit und den Vorurteilen, die diese erzeugt, zu befreien, wieviel Mühe kostete es mich doch, dir alle die anderen auszureden. Die Furcht vor der Schwangerschaft ließ dich nicht mehr erzittern: ich hatte dich durch meine Erzählung und meine eigene Erfahrung von ihr geheilt. Dein Liebhaber verdankte mir bereits die ersten Schritte zu seinem Glück und deinem Genuß. »Ach«, sagtest du, »die meisten Dogmen, die mir von Kindheit an bis heute vorgesungen wurden, die Gelübde, die mir auferlegt wurden, dieser Schleier, diese Gitter, die uns einschließen, alles stellt sich dem entgegen.« Doch deine Liebe, meine Ratschläge und mein Beistand haben diese Vorurteile entkräftet und schließlich alle Hindernisse überwunden. Du verdankst mir also, liebe Eugenie, die geistige Ruhe und die Gesellschaft, deren du dich erfreust. Jedenfalls verdankt dein Liebhaber mir seinen Sieg, und meine Freundschaft hat euch beiden genutzt; doch zuvor wollte ich jenen Valsay kennenlernen, der deinem Herzen so teuer war, seine Denkungsart prüfen und entscheiden, ob er deine Liebe, dein Vertrauen und deine Gunst verdiente. Wie du weißt, war diese Försorge nicht das Werk eines Tages. Frauen, deren Urteilskraft gepflegt worden ist, haben ein feines und sicheres Gespür, das Herz der Männer zu durchschauen, trotz ihrer Finten, ihrer Doppelzüngigkeit und den Schleiern, mit denen sie sich zu verhüllen trachten; doch ich war mit Valsay zufrieden; ich fand genügend Tugenden in ihm, um voraussetzen zu können, daß ich nichts mehr riskierte, wenn ich alles auf mich nahm, um deine Begierde zu befriedigen, deiner geringen Erfahrung beizustehen und deine Ängste zu bannen. Glücklicherweise diente ich in deinem Kloster seiner Liebe zum Vorwand, während ich für euch beide arbeitete, denn deine Schwäche und Schüchternheit wären ohne meine Hilfe niemals zu überwinden gewesen. Rufe dir nach so langer Zeit jenen Tag ins Gedächtnis: dein Geliebter bestürmte dich mit den dringendsten Bitten, ihn glücklich zu machen; ich stand ihm nach Kräften bei; du wolltest nicht wahrhaben, daß du ihn begehrtest. Du hieltest ihm Gründe entgegen, die dir sehr triftig erschienen; du legtest ihm die in deinen Augen unüberwindlichen Hindernisse dar, daß es mich jammerte. Ich bekam Mitleid mit ihm und verbarg es euch nicht; ich sah die Flamme eures Verlangens den Höhepunkt erreichen. Der Augenblick schien mir günstig, ich berauschte mich an dem Gedanken, zu deinem Glücke beizutragen. »Nun«, sagte ich, »ich werde alles bezwingen. Valsay, du wärest undankbar und ein deines Glückes unwürdiger Mensch, wenn mein Verhalten, das es dir verschaffen wird, deinen Geist zu meinen Ungunsten beeinflußte.« Ich schloß die Türen des Sprechzimmers auf unserer Seite ab, trotz deinem sichtlichen Widerstreben; dein Geliebter tat dasselbe auf seiner Seite. Ich nahm dich in meine Arme, führte dich dicht an das Gitter heran, lüftete deinen Schleier; er nahm deine Brüste, küßte deine Lippen, saugte an deiner Zunge, die du ihm schließlich überließest; doch der verzehrende Durst der Begierde ließ seine Hand unter deine Röcke gleiten, um nach deiner Möse zu greifen und sich ihrer zu bemächtigen. Ich preßte dich gegen ihn und küßte dich ebenfalls; du konntest mir weder entweichen noch deine Arme den meinen entwinden. Schließlich hatte er das Geschick und die Genugtuung, deine Röcke zu heben und jene liebenswerte kleine Möse zu fassen, die alle Reize der Jugend und Frische ausstrahlt. Seine Liebkosungen entzündeten in dir das Feuer der Wollust; ihn verzehrte es bereits; er verfluchte jenes unbarmherzige Gitter, das uns trennte und seiner Lust entgegenstand. Ich war gerührt, außer mir! »Wie!«, sagte ich zu deinem Geliebten, »besitzen Sie denn so wenige Hilfsmittel? Ach, Valsay, wenn man liebt, wird alles leicht. Ich muß meine teure Eugenie wohl inniger lieben als Sie; ich will ihr beweisen, daß dieses Gefühl mir alles ermöglicht und nichts mich aufhalten kann, um es zu befriedigen; denn wenn sie sich selbst überlassen bleibt, sind Sie verloren.« Du gabst endlich nach, ich hieß dich auf die Brüstung des Gitters steigen, wobei deine Hände auf meinen Schultern lagen; ich stützte dich. Valsay hob jene schwarzen Kleider hoch, die den

Glanz und die Weiße deines bezaubernden Hinterteils zur Geltung brachten; er knetete es, küßte es, erwies ihm die Ehre, die es verdiente. Deine kleine Möse, eingerahmt in einem Quadrat des Gitters, war ein lebendes Bild, das ihn entzückte. Er preßte tausend Küsse darauf, doch da es ihn drängte, seinem Glück die Krone aufzusetzen, steckte er dir seinen Schwanz hinein, während ich meine Hand zwischen deine Schenkel schob und dich rieb. Die Lust, die wir herbeiriefen, bemächtigte sich deiner; du nahmst meine Brüste, du küßtest mich, du fraßest mich fast auf, und du kamst! Valsay, im Begriffe, ein Gleiches zu tun, war so vorsichtig, sich zurückzuziehen; seine Wollust erlosch zwischen meinen Fingern und ergoß sich über meine Hand, wie die Lava eines Vulkans. Von nun an ließ ich euch allein; du sahst, ergriffst und streicheltest jenes Kleinod, das ich dir so oft beschrieben hatte, doch da dir die Hilfestellung fehlte, die ich dir leistete, konntest du keinen Gebrauch davon machen, und du beklagtest dich darüber, als du zurückkamst, bitterlich bei mir; du wagtest nicht, mich zu bitten, deinem Ungeschick noch einmal beizustehen. Ich bemerkte, wie sehr du es begehrtest; du drangst in mich, flehtest mich an, dich nicht mehr zu verlassen. Du wolltest, grausame Freundin, daß ich der Zeuge deiner Lust und deines Glückes sei, während das meine für immer verloren war. Meine Zuneigung und Freundschaft zu dir mußten sich noch einmal überwinden, dir erneut meine Hilfe anzubieten; mein Angebot begeisterte dich; du überschüttetest mich mit Zärtlichkeiten und Küssen; ich erinnerte dich in diesem Augenblick daran, du mögest dich mit dem heilsamen Schwämmchen versehen, und du verleitetest mich, eurem Liebesrausch und eurem Glück beizuwohnen. Du zeigtest mir selber den Gott, den Valsay trug, jenen Gott, den du liebtest, mit dem du Scherze triebst und dessen Gegenwart er mich vom ersten Tage an hatte fühlen lassen. Täglich nahmen deine Narrheiten zu; du enthülltest ihm meine Brüste und alles Verborgene an mir; ich fügte mich deinen Spielereien; du ließest ihn sie berühren. In welche Lage und welche Erregung habt ihr beide mich nicht versetzt! Ich sagte es dir ins Ohr, und das arglistige Mitleid ließ dich mein Geheimnis verraten. Du wolltest, daß ich mich deines Geliebten erfreue; du wünschtest ihm meine Gunst; du batest mich, sie ihm zu gewähren; du wolltest mich schließlich an die Stelle heben, die du eingenommen hattest; dein Geständnis, dein Drängen und sein Verlangen, dessen sinnliches Zeugnis du in meine Hände legtest, brachten ihn dazu, mich darum zu ersuchen: ich widerstand noch immer. Deine Bitten, dein Flehen, sogar das Feuer, das durch meine Adern floß, konnte mich nicht dazu bewegen. Nein, liebe Eugenie, nein, vergeblich hoffst du, er möge den Sieg davon tragen, niemals werde ich einwilligen. Zu Unrecht machst du mir Vorwürfe, es ist nicht Haß, nicht einmal Gleichgültigkeit: denn Valsay entkräftet den einen und ist nicht dazu geschaffen, die andere einzuflößen; aber deine Freundschaft genügt mir. Nach dem Verlust, den ich erlitten habe, entsage ich für immer jedem engen Verhältnis zu einem Manne, und an diesem Entschluß werde ich festhalten. Du mußt inzwischen davon überzeugt sein, denn trotz eurer Lust, den Zärtlichkeiten, die ihr ausgetauscht habt und die auch ich empfangen habe, des Anblicks und der Berührung dessen, was am Fesselndsten an euch ist, eurer Verzückungen, die meine Sinne erregten und verwirrten, habe ich mich nicht überwältigen lassen. Ich war glücklich und zufrieden, wenn du des Nachts, da ich in deinen Armen ruhte, das Feuer kühltest, das du am Tage entfacht hattest.

Ein mißgünstiges Geschick unterbrach meine wiedergefundene Ruhe: die Heirat meiner Cousine sowie dringende Geschäfte haben meine Abreise beschleunigt und uns für kurze Zeit getrennt. Du verlangtest von meiner Freundschaft, ja du befahlst ihr, daß ich während meiner Abwesenheit dich weiter unterhalten und dir eine genaue Beschreibung dessen liefern solle, was ich zum größten Teil schon erzählt habe und dem du mit soviel Vergnügen und Wißbegier lauschtest. Ich habe mein Versprechen gehalten: welches Opfer bringe ich der Vorsicht! Du kennst deine Macht über mich; du weißt, wie sehr ich dich liebe; du vereinigst heute alle Gefühle meines Herzens in dir; einst auf die Welt und die Gesellschaft verteilt, versammelst du sie jetzt alle. Empfange dafür als Zeugnis tausend Küsse, die ich dir schicke; mögen sie dir sagen, wie sehr ich mich nach dem süßen Augenblick sehne, da ich sie dir selber geben kann, umschlungen von deinen Armen und du von den meinen. Ach, Geliebte, warum ist dieser Augenblick noch nicht gekommen! Aber ich wiege mich in der Hoffnung, daß er nahe bevorsteht. Ich werde dir ein Kleinod mitbringen, das dem von Valsay ähnelt, aber weniger gefährlich ist; und wenn es auch weniger natürlich ist, so sind seine Vorzüge dennoch nicht minder groß, da es ohne die Gefahren die Leere füllen wird, die sich bei unseren Vergnügungen immer bemerkbar macht.

Wenn du dich bei seiner Verwendung wohlfühlst, wird unsere zärtliche Freundschaft uns alles ersetzen, und da Valsay gezwungen ist, sich einige Zeit von dir zu entfernen — lassen wir doch, liebe Freundin, alle fremden Liebschaften versiegen, die am Ende verhängnisvoll werden könnten, da sie außerhalb unserer liegen. Bald werde ich meinerseits deine Tränen trocknen. Ja, süße Freundin, vergessen wir die Welt und halten wir uns nur an uns selbst. Erwarte mich also bald.

Nachbemerkung

»Le Rideau levé, ou l'Education de Laure« erschien in zwei schmalen Duodezbändchen, jedes mit sechs hübschen Gravuren von Godard père ausgestattet, drei Jahre vor Ausbruch der Französischen Revolution 1786. Der kleine Roman trägt keinen Verfassernamen und nennt als Erscheinungsort *Cythère*, jene der Aphrodite heilige Insel vor der Peloponnes, die das 18. Jahrhundert in seinen Gedichten und Bildern mit dem Land der Liebe in eines gesetzt hatte. Hinter der fingierten Verlagsangabe verbirgt sich die Druckerei von Jean Zacharie Malassis in Alençon bei Le Mans, in der während dieses Jahrzehnts eine ganze Reihe von anonymen erotischen Erzählungen unter wechselndem Impressum und mit wechselndem Erfolg erschienen ist. Darunter drei Jahre zuvor »Le Libertin de qualité, ou Ma conversion« (1783), in dessen Autor man sehr bald und zu Recht den damals vierunddreißigjährigen Honoré Gabriel Victor Riquetti, Comte de *Mirabeau* zu erkennen glaubte. Und diese Mutmaßung über Mirabeaus Verfasserschaft trug zu diesem Zeitpunkt ganz entschieden zum Erfolg der »Bekehrungs«-Geschichte bei. Mirabeau hatte nach einer stürmischen und skandalreichen Jugend, die ihn immer wieder auf Betreiben seines Vaters für kürzere oder längere Zeit ins Gefängnis gebracht hatte (zuletzt einer Entführung wegen für drei Jahre, 1777–1780, in den berüchtigten Kerker von Vincennes), eben damals zum erstenmal in ganz Frankreich von sich reden gemacht, als er im Frühjahr 1783 in seinem Scheidungsprozeß mit ebenso mitreißendem rhetorischem Schwung wie zynischer Rückhaltlosigkeit in seinen Anschuldigungen seine Frau und sich kompromittiert hatte. In mehrstündigem Plädoyer hatte er vor einem begeisterten Publikum die Treulosigkeit seiner Frau, die Machenschaften ihrer Anwälte und die Trottelhaftigkeit des Gerichtshofs aufgedeckt. Er hatte damit seinen Prozeß verloren und zugleich sich den bleibenden Ruf eines beispiellosen Redners und Demagogen gesichert.

Seine Auftritte und seine Abenteuer hatten von da an – noch lange ehe Mirabeau seine Rolle in der Politik spielte – den Charakter der Öffentlichkeit. Das kam beinahe allen publizistischen Arbeiten Mirabeaus zugute, und es mußte naturgemäß einem aktuellen und halb authentischen Pornographicum wie »Ma conversion« nützen, von dem alle Welt sich Enthüllungen über das Privatleben seines Verfassers versprechen konnte. So trägt die zweite Auflage von 1784 bereits den Untertitel: »Bekenntnisse eines Gefangenen aus Vincennes«, während die späteren Ausgaben unverblümt den Namen Mirabeaus einsetzen. Und die Anziehungskraft, die Werbewirksamkeit dieses Namens zog alsbald auch andere einschlägige Schriften und Broschüren in seinen Bann: eine ganze Anzahl erotischer Erzählungen und Traktate, libertinöser Versgedichte und Anekdoten wurden mit Mirabeau in Verbindung gebracht. Das meiste davon verschwand über Nacht wieder in Anonymität und verdienter Vergessenheit: als 1921 Guillaume Apollinaire für seine Sammlung: »Les Maîtres de l'amour« das belletristische Werk Mirabeaus bibliographierte und zusammenstellte, hielt kaum noch ein halbes Dutzend Titel in ihrer Qualität der Nachprüfung stand. Darunter allerdings war beinahe jedes Stück eine Kostbarkeit.

Apollinaire akzeptierte nur zwei von ihnen als wirklich authentisch: »Ma conversion« und das »Erotica Biblion«, eine gleichfalls 1783 und gleichfalls anonym (*A Rome de l'Imprimérie de Vatican*) erschienene Sammlung von witzig-ironischen Lobreden auf die unterschiedlichen Arten der Liebe, eine Art emphatischer *ars amatoria* des späten 18. Jahrhunderts. Beide Bücher waren in der Haft in Vincennes um 1780 entstanden. Ihre Authentizität steht durch die Erwähnungen in Mirabeaus Briefen, für das »Erotica Biblion« auch durch das erhaltene Manuskript außer Zweifel. Für das berühmteste aller Stücke, den hier in neuer deutscher Übersetzung vorgelegten Roman: »Der gelüftete Vorhang oder Lauras Erziehung«, gibt es dagegen keinen Beweis, der es mit Mirabeau direkt in Verbindung bringt. Nur den Verleger hat es vordergründig mit Mirabeaus »Conversion« gemein. Andererseits galt der Roman seit dem Jahr seines Erscheinens und gilt gemeinhin auch heute noch als sein Werk, obwohl Apollinaire als Verfasser einen gewissen Marquis de Sentilly aus der Normandie verbindlich benannt hatte. Mirabeau hin, Mirabeau her — für das Paris des ausgehenden *ancien régime* jedenfalls stand er als Autor fest, und an seinem Namen hängt auch die lang dauernde literarische

Wirkung des kleinen Buchs, die – mittelbar oder unmittelbar – von Sades »Philosophie dans le Boudoir« von 1795 über Nerciat und Balzac bis hin zu Flauberts »Education sentimentale« reicht. Das ist Rechtfertigung genug, auch für die vorliegende Ausgabe den tradierten Namen Mirabeaus für den Roman zu reklamieren.

»Lauras Erziehung« wurde allein im 18. Jahrhundert noch mindestens viermal nachgedruckt, und auch durch das prüdere 19. Jahrhundert geistert sie in einer Vielzahl von meist obskuren Editionen durch die Verlagsverzeichnisse sogenannter bibliophiler oder sittengeschichtlicher Buchhandlungen. Sie teilt damit das Los mancher anderen glänzenden Erzählung des frivoleren Aufklärungszeitalters: abgestellt zu werden in das Halbdunkel kuriöser Fachbibliotheken für Sammler und Liebhaber erotischer Spezialitäten. Erst die französischen Surrealisten um Apollinaire und Maurice Heine entdeckten – nicht ohne gelegentliche Überschätzung der eigenen Funde – die zeitsymptomatische Bedeutung und den literarisch-philosophischen Hang der Bücher Restifs de la Bretonne oder des Marquis de Sade. In ihrem Gefolge wurden auch die kleineren Erzählungen des Abbé de Voisenon, Mirabeaus »Conversion« und die »Education de Laure« als das erkannt, was sie wirklich sind: wunderbar stilisierte Zeugnisse einer überfeinerten Gesellschaftskultur am Vorabend ihrer Auflösung *und* virtuose literarische Variationen über eine der Grundthesen aller Aufklärungsphilosophie: daß die Natur ein sittlich Böses in ihren Grenzen nicht kennt, daß also eine autonome menschliche Vernunft ihren Begriff von Sittlichkeit aus der Erkenntnis und aus der Nachfolge der naturgegebenen Anlagen zu gewinnen habe. Außer Vivant Denons Skizze: »Point de lendemain« von 1777 hat vielleicht kein zweites dieser Bücher so leicht und sicher wie die »Education de Laure« das Spiel um Abenteuer und Konvention des späten *Rokoko* einzufangen gewußt. An Fülle der Beobachtungen, an Genauigkeit einer breit gefächerten Wirklichkeitssicht bleibt das Bändchen selbstverständlich weit hinter den Steinbruchmassen zurück, mit denen der schreibbesessene Restif sein Publikum zu erdrücken suchte. Und es steht nicht minder an systematischer Erkenntnis und an bohrender Intellektualität zurück hinter den finsteren Visionen des Marquis de Sade von der Selbstüberhebung des absoluten Ich über die Natur. Der kleine Roman bescheidet sich im äußeren Umfang und er bescheidet sich in seinem Thema: Erziehung eines jungen Mädchens zur sinnlichen und geistigen Liebe. Damit fällt alle Realität außerhalb des intimen Zirkels weg. Und damit können auch alle Schatten und Widrigkeiten wegfallen, die außerhalb der Mauern dieses komödienhaft abgesicherten Lustgartens verbleiben. Wie in den Landschaften Fragonards und wie in den komischen Opern Grétrys sind die Bereiche außerhalb des Parks, sind Schmerz und Armut und Krankheit nur als lauernde Gefahr in der Aussparung wahrnehmbar. In all seiner freigewählten Beschränkung aber darf die Erzählung über Lauras Erziehung als die wohl geschlossenste und glücklichste Darstellung der aufklärerischen Thematik von Sittlichkeit und Sinnlichkeit gelten, die der Roman des 18. Jahrhunderts in Frankreich gefunden hat.

Das klingt pedantisch. Und Pedanterie sollte in

einem erotischen Divertissement nicht begegnen. Sind denn die mancherlei Exkurse des »väterlichen« Ratgebers und Erziehers – über Geschlechtsreife und Regel, über Verhütungsmaßnahmen, über das natürliche und das naturfeindliche Maß des Genusses, über Hygiene und Philosophie – mehr und anderes als moralische Pausen in einem erotischen Erzählkontinuum? Nachgelieferte Begründungen und vorgestellte Einweisungen zum fröhlichen Tun? Laura selbst erklärt in ihrem Einleitungsbrief an Eugenie die wollüstigen Erinnerungsbilder für die Hauptsache: »Ja, meine liebe Eugenie, jene seligen Augenblicke, von denen ich dir zuweilen in deinem Bett erzählte; jener Sinnenrausch, dessen Wonnen wir eine in den Armen der Anderen nachzuerleben suchten; jene Bilder meiner Jugend, deren Wollust wir zusammen genießen wollen – all dies will ich, um dich zufriedenzustellen, hier niederschreiben.« *Transports des sens*, die berauschenden Erregungen der Sinne – sie nachzuerleben, sie aus der Erinnerung im Erzählen zu vergegenwärtigen, um mit der angeredeten Freundin auch den Leser am Erleben zu beteiligen, ist wie für jedes »galante Buch und Manuskript« – so nennt die fingierte Herausgeberin Sophie zu Anfang die »Education de Laure« – auch für diese »kleine Kostbarkeit« das Ziel. Die Bindung an ein didaktisches Thema scheint da nur Vorwand, nur ein Spiel mit dem Alibi zu sein, so wenig ernst zu nehmen wie die äußere Geschichte um die galanten Abenteuer. Auch ein epischer Faden, eine genauer konzipierte Handlung ist ja kaum auszumachen. Aus wenigen und sparsam gehaltenen Nachrichten über Herkunft und Familienverhältnisse der Laura spinnen sich rasch erste erotische Szenen an, die an Farbigkeit und Detailinteresse in einem belustigenden Übergewicht zu den epischen Anlässen stehen. Und dieses Muster, wonach der Fortgang der Geschichte immer nur der Herbeischaffung neuer Partner oder neuer Situationen für die wechselnden, stets aber gleich sorgfältig ausgeführten Tableaus dient, bestimmt den Aufbau dieser Liebesgeständnisse, die zugleich als kurzweilige Spielerei für Mußestunden, d. h. als spielerische Anregung für gleichgestimmte Seelen gedacht sind. Der Haupttitel scheint unangefochten über den Untertitel den Sieg davonzutragen: »Der gelüftete Vorhang« über den freimütigen Vertraulichkeiten ist offenkundig Laura wichtiger als der Bericht über ihre Erziehung, der zu ihren Abenteuern parallel geschaltet ist.

Das erfordert – hier nutzt der Verfasser des Romans souverän und ironisch die Praktiken des empfindsamen Gefühlsromans nach dem Vorbild Marivaux' aus – eine spezifisch vertrauliche und intime Art des Erzählens: »Nur die Freundschaft und die Liebe sind in der Lage, wohlgefällige Blicke auf den freimütigen Dingen ruhen zu lassen, die meine Feder und mein Stift auszudrücken versuchen.« Laura erzählt ihrer Freundin und Gespielin. Nur einer so engen Vertrauten lassen sich die eigenen Erfahrungen so hüllenlos mitteilen. Und in einem zweiten Rahmen um die Ich-Geschichte ist es abermals ein freizügiges Liebespaar, Sophie und der Herr von Olzan, von dem das Mädchen dem Mann das galante Manuskript, das vorgeblich im Kloster gefundene, erotische Gebetbuch anvertraut. Der erste Rahmen suchte die Geständnisse als authentische zu erweisen, der zweite gibt sie als Fiktion und Spielerei zu erkennen. Durch beide gemeinsam aber wird der Leser immer enger in den Kreis der Intimität mit einbezogen: er wird unter der Hand zum Vertrauten, zum Freund und Mitgenießer. Die Polemik gegen die »Anderen«, gegen das breite Publikum und seine Einstellung zur Galanterie, durchzieht in beiden Einleitungsbriefen das Gespräch: Laura zählt einen langen Katalog von falschen Adressaten auf, von Frömmlern, Tugendheuchlern und Frigiden, für deren Ohren diese Beichte *nicht* bestimmt ist. Und der Autor zitiert gewissermaßen seine eigene Figur, wenn er in einem Vierzeiler auf dem Titelblatt der Erstausgabe schreibt:

Retirez-vous, censeurs atrabilaires;
Fuyez, dévots, hypocrites ou fous,
Prudes, guenons, et vous, vieilles mégères,
Nos doux transports ne sont pas faits pour vous.*

Das Mit- und Nachempfinden der »süßen Verzückungen« hebt den Kundigen aus der stumpfen Masse heraus: so erweist er sich als Adept einer höheren, aufgeklärteren Gesellschaft der Wenigen, der »happy few«.

Damit ist aber unversehens über der polemischen Frontstellung gegen die Alltäglichkeit in das Spiel der zweckfreien Lustbarkeit ein didaktisches Moment geraten; denn nun wurden die Geständnisse über die diversen Liebesgefechte und Gruppenfeste zu Exempeln, zu Musterfällen einer überlegenen

---

* Zieht euch zurück, schwarzgallige Zensoren
  Und flieht ihr Frömmler, Heuchler oder Narren
  Ihr Prüden, Äffinnen und, nicht zuletzt auch, ihr alten
     Megären,
  Unsere süßen Verzückungen sind nicht für euch bestimmt.

sittlichen Ordnung aufgewertet. Diese gemeinsame Interpretation aller Episoden erfolgt zunächst nur durch die festgehaltene Abwehr überkommener und verbreiteter Normen, die polemisch und – im Ansatz jedenfalls – blasphemisch abgewertet werden: die christlich katholische Moral in Frankreich verlangte von dem jungen Mädchen die Bewahrung der Jungfräulichkeit bis in das Ehebett; Laura dagegen wird von ihrem Stiefvater als Kind aufgeklärt und als junges Mädchen in einem ein wenig heidnisch aufgeputzten Zeremoniell defloriert. Das gleiche Moralgesetz beschränkt den Liebesakt auf Eheleute und auf deren Absicht, Kinder zu zeugen. Laura dagegen lernt früh die Freuden sexueller Kombinatorik kennen und wird in langen Gesprächen und Übungen im Gebrauch von wirksamen Verhütungsmitteln unterwiesen. Schließlich, die französische Gesetzgebung stellte bis zum Beginn der Revolution jede Art von Sodomie (»den Coitus gegen die Natur im weitesten Sinn, eines Mannes mit einem Mann oder mit einer Frau«, Larousse) unter die Todesstrafe. Hier dagegen bekennt sich die Heldin ebenso wie ihre Gespielen froh zur so vermehrten Lust und zur so verminderten Gefahr. Die Schilderung der Liebesspiele wird nicht sittlich bewertet, sie wertet selbst stillschweigend durch ihre stete und unbekümmerte Heiterkeit.

Apollinaire fand es Mirabeaus unwürdig, daß den eigentlich blasphemischen Ansätzen so rasch die Spitze abgebrochen werde: das Buch sei nun einmal auf den Inzest Vater–Tochter angelegt, und die eingeschobene Episode einer Geschwisterliebe sei dann nur ein albernes Surrogat für die Angst vor der Blasphemie. Er argumentiert da, die Intention des Buchs mißverstehend, von der Position des Marquis de Sade her. Dessen »Philosophie dans le Boudoir« zielt, auch wo sie sich den Denkgesetzen der »Education de Laure« anzuschließen scheint, immer auf die Blasphemie gegen eine göttliche und eine natürliche Weltordnung, um dagegen seine Idee einer bösen Natur und eines auf Vernichtung abzielenden menschlichen Willens auszuspielen. Für ihn sind Folter, Inzest und Mord die gemäßen Äußerungsformen seiner Intention, die einzigen, um seine Idee überhaupt begreiflich zu machen. Der anonyme Verfasser unseres Büchleins dagegen sucht immer die Übereinstimmung der menschlichen Triebe und Neigungen mit den Gesetzen einer guten, einer sinnvoll ordnenden Natur zu erweisen. So kehrt sich seine Argumentation gegen falsche Ideale und stagnierende Moralsätze, die der natürlichen Ordnung zuwiderlaufen, niemals aber gegen die Ordnung der Natur selbst. Er läßt freilich zum Spaß, als einen pikanten Reiz, gelegentlich Andeutungen von Blasphemie einfließen: es erhöht eben die Lust des Geplänkels zwischen reifem Mann und jungem Mädchen, wenn es sich zumindest in den Augen der Mitwelt um den Vater des Mädchens handelt, ebenso wie es eine Nuance der Steigerung ist, wenn das lüsterne Mädchen den Namen Laura trägt, den Petrarca in seinen Gedichten als den der keuschesten Frau aller Zeiten berühmt gemacht hat. Ins Gewicht kann und soll das nicht fallen. Das zeigen die langen Ermahnungen und Exkurse des Vaters deutlich genug; in denen das didaktische Moment, das erwähnte Gran Pedanterie selbständig neben die erotischen Episoden tritt. Diese mit schöner Regelmäßigkeit zwischen die einzelnen Tableaus eingerückten Abschnitte sorgen einmal für deren kontinuierliche Interpretation im Lehrgespräch, und bilden zum anderen die erotische Anekdotensammlung in ein Handbüchlein der Liebeskunst und der Liebesmoral um, in eine Art parodierten und in der Parodie zugleich neu konstituierten Tugendspiegel.

Formal begegnen sich da zwei literarische Traditionen didaktischen Charakters, deren Muster in Anspielung und Kontrafaktur für den zeitgenössischen Leser stets deutlich erkennbar blieb: die seit Lukian bekannten, durch die »Raggionamenti« des großen Pietro Aretino für den erotischen Traktat der Renaissance- und Barockliteratur verbindlich gewordenen *Kurtisanengespräche*, in denen stets in Frage und Antwort der prekäre oder verbotene Gegenstand als Lehrgespräch zwischen Kuppelmutter und Novizin abgehandelt wurde. Zum anderen die kaum weniger alte Tradition des *Erziehungsromans*, die im Zeitalter der Aufklärung durch Fénelon und vor allem durch Rousseaus »Emile, ou de l'éducation« (1762) einen beträchtlichen Neuaufschwung erfuhr. Anders als in den uns vertrauten Bildungsromanen der Goethezeit ist es dabei aber weniger um die Ausbildung eines bestimmten Individuums durch seine Erfahrung zu tun als um die Exemplifizierung eines Erziehungssystems am einzelnen Beispielfall. In beiden Fällen — und Kurtisanengespräche und Erziehungsroman persiflieren *und* ergänzen einander in der »Education de Laure« —, dem der Unterweisung in der körperlichen Liebe und dem der sittlich-geistigen Ausbildung, bleibt noch in der launigsten, in der gänzlich unernsten Anwendung das didaktische Element siegreich, weist das augenblickliche Geschehen über sich hinaus ins Wiederholbare oder ins Vorbildliche. Daß aber nun im Roman die Argumentationsketten und die Thematik des Dirnenspiegels Eingang finden, hängt mit der exemplarischen Rolle zusammen, die der Frage der freien Liebe und des freien Lustgewinns im Ganzen der Aufklärungsphilosophie zukommt.

Schon in den zynischen Dialogen Crébillons des Jüngeren war das Verhältnis der Gesellschaft zur Liebesmoral Ausgangspunkt sowohl der gesellschaftskritischen Ausfälle wie der blasphemischen Angriffe gegen ein sinnentleertes Moralsystem. Später hatten die französischen Schriftsteller – abermals unter dem prägenden Einfluß Rousseaus – wieder und wieder das Bild einer in der Natur frei nach ihren Anlagen entfalteten Menschheit beschworen, die ohne äußere Restriktionen ihren Vergnügungen nachgeht. Der Atheismusbegriff der Enzyklopädisten, selbst der schroffe und kompromißlose Holbachs, implizierte stillschweigend die Ersetzung Gottes durch den Begriff der Natur: wie ehedem am Einklang mit dem theologisch vermittelten und erklärten Wort Gottes hat sich nunmehr die selbständig gewordene Vernunft des Menschen am Einklang mit den erkennbaren Gesetzen und Grenzziehungen der Natur zu orientieren. Auf welchem Sektor menschlichen Verhaltens aber ließe sich dieser Zusammenhang paradigmatischer erweisen als in der Liebe, bei der stets der freie Entschluß und die freie Imagination in die Grenzen der Anlagen und Möglichkeiten verwiesen bleibt, die den Menschen als ein Geschöpf der Natur erweisen? Entsprechend steht die Frage nach einer aus Einsicht gesteuerten Sinnlichkeit zentral im Denken der Aufklärungsphilosophie: Helvetius und Holbach sahen in diesem Nexus einen der Ausgangspunkte ihrer Denksysteme, La Mettrie schrieb ein eigenes geistvolles Bändchen über die Kunst zu genießen, das mehr ist als eine bloße Rokoko-Miniatur. Am eindrucksvollsten hat Diderot in seinen Enzyklopädie-Artikeln und in seinem »Nachtrag zur Reise Bougainvilles« (posthum erst 1796 veröffentlicht, aber lange vorher auszugsweise bekannt) das Ideal einer solchen naturgemäßen Liebe beschrieben, für die es die abstrakten Begriffe von Tugend und Laster nicht gibt, sondern nur die Erfahrung des Heilsam-Genüßlichen und des zerstörerischen Unmaßes. Am Beispiel der Südsee-Insulaner, die keinerlei monogame Verkümmerungen kennen, sondern sich ihren Neigungen und Zuneigungen aus »natürlichem Instinkt«, aus einer inneren Witterung für das Gesetz der Natur frei überlassen, entwickelt er die rousseauistische Gegenutopie zur eigenen entarteten, das aber heißt hier: durch Moral korrumpierten Gesellschaft. Erst in einer solchen Natursozietät vermag sich eine neue, Frieden, Gleichheit, Brüderlichkeit garantierende sittliche Ordnung neu zu konstituieren.

Man sieht, der Verfasser der »Education de Laure« greift für die Grundsätze seines erzieherischen Libertins und Ziehvaters auf verbreitete Ansichten zurück, die er ohne Anspruch auf Originalität seinem erzählerischen Zweck heiter und unangestrengt anpaßt: auch er preist die Natur als die Richtschnur alles Handelns, auch er spielt eine – differenziert ins Praktische ausgeweitete – Sittlichkeit der Hygiene gegen die von schwarzblütigen Zensoren und Betschwestern verfochtenen christlich-überkommenen Moralsätze aus. Während aber die meisten

Schriften seiner Zeitgenossen an der griesgrämig-
verbissenen Ernsthaftigkeit und mangelnden kriti-
schen Skepsis kranken, mit denen sie ihre Utopie behandeln, entgeht unser Autor dieser Gefahr, indem
er seinen Erotik-Lehrer zwischen Raisonnement und
handgreiflichem Vergnügen abwechseln läßt und
indem er augenzwinkernd zu verstehen gibt, es sei
am Ende doch alles Argumentieren bloß aufs Vergnügen aus. *Utile cum dulci* – so verwandelt sich
schließlich das Gran Pedanterie wieder in einen
Teil des erotischen Spiels zurück, die Belehrung wird
zum integrierten Bestandteil der Galanterie, ohne
daß ihre Absichten und Gedanken darüber geopfert
werden. So ist es ein moralisches und ein unmorali-
sches Buch zugleich und zu gleicher Zeit, es ist ein
Buch für und gegen die Libertinage. In seinem
ironischen Charme und in seiner poetisch ver-
klärten Haltung zur Zweideutigkeit ist es eines der
spätesten und liebenswürdigsten Kinder der *douce
époque:* Mirabeau wäre ein würdiger Vater.

NORBERT MILLER

Briefe, Tagebücher

Georg Büchner/Ludwig Weidig. Der Hessische Landbote
Texte, Briefe, Prozeßakten, kommentiert von Hans Magnus Enzensberger. it 51

Bürgers Liebe. Dokumente zu Elise Hahns und G. A. Bürgers unglücklichem Versuch, eine Ehe zu führen
Herausgegeben und mit einem Nachwort versehen von Hermann Kinder. Mit zeitgenössischen Illustrationen. it 564

Lewis Carroll, Briefe an kleine Mädchen
Aus dem Englischen übersetzt und herausgegeben von Klaus Reichert. Mit Fotografien des Autors. it 172

Eckermann. Gespräche mit Goethe in den letzten Jahren seines Lebens. Herausgegeben von Fritz Bergemann. Zwei Bände. it 500

Theodor Fontane. Ein Leben in Briefen. Herausgegeben von Otto Drude. Mit zahlreichen Abbildungen und Handschriften-Faksimiles. it 540

Frauenbriefe der Romantik
Ausgewählt und mit einem Nachwort versehen von Katja Behrens. Mit zeitgenössischen Portraits. it 545

Johann Wolfgang Goethe. Tagebuch der Italienischen Reise 1786
Notizen und Briefe aus Italien. Mit Skizzen und Zeichnungen des Autors. Herausgegeben und erläutert von Christoph Michel. it 176

Schiller – Goethe. Briefwechsel
Herausgegeben von Emil Staiger. Mit Illustrationen. Bildkommentar von Hans Georg Dewitz. Zwei Bände. it 250

Vincent van Gogh in seinen Briefen
Von Paul Nizon. Mit zum Teil farbigen Abbildungen. it 177

Edmond und Jules de Goncourt. Tagebücher. Übertragen und herausgegeben von Justus Franz Wittkop. Mit zeitgenössischen Abbildungen. it 692

Harry Graf Kessler. Tagebücher 1918–1937
Herausgegeben von Wolfgang Pfeiffer-Belli. it 659

Briefe, Tagebücher

Sören Kierkegaard. Briefe. Aus dem Dänischen und mit einem Nachwort von Walter Boehlich. it 727
– Tagebuch des Verführers
Aus dem Dänischen von Helene Ritzerfeld. it 405

Ein Mann wie Lessing täte uns not
Ein Lessing-Almanach. Herausgegeben von Horst Günther. Mit zeitgenössischen Illustrationen. it 537

Briefe der Liselotte von der Pfalz
Briefe der Herzogin Elisabeth Charlotte von Orléans
Ausgewählt, eingeleitet und herausgegeben von Hans Ferdinand Helmolt. it 428

Mozart. Briefe
Ausgewählt, eingeleitet und kommentiert von Wolfgang Hildesheimer. Mit zeitgenössischen Porträts. it 128

Samuel Pepys. Das geheime Tagebuch
Herausgegeben von Anselm Schlösser und übertragen von Jutta Schlösser. Mit Abbildungen. it 637

Rainer Maria Rilke. Briefe über Cézanne
Herausgegeben von Clara Rilke mit einem Nachwort von Heinrich Wiegand Petzet. Mit farbigen Abbildungen. it 672

Jean-Jacques Rousseau. Zehn Botanische Lehrbriefe für Frauenzimmer
Aus dem Französischen übersetzt und herausgegeben von Ruth Schneebeli-Graf. Mit Illustrationen von P. J. Redouté. it 366

Paul Scheerbart. Liebes- und Schmollbriefe. Mit einer Vorbemerkung von Alfred Richard Meyer und einem Nachwort von Klaus Schöffling. it 724

Madame de Sévigné. Briefe
Herausgegeben und übersetzt von Theodora von der Mühll. Mit zeitgenössischen Kupferstichen. it 395

insel taschenbücher
Alphabetisches Verzeichnis

Aladin und die Wunderlampe 199
Ali Baba und die vierzig Räuber 163
Allerleirauh 115
Alte und neue Lieder 59
Alt-Kräuterbüchlein 456
Alt-Prager Geschichten 613
Amman: Frauentrachtenbuch 717
Andersen: Glückspeter 643
Andersen: Märchen (3 Bände in Kassette) 133
Andersen: Märchen meines Lebens 356
Andreas-Salomé, Lou: Lebensrückblick 54
Anekdotenbuch 708
Appetit-Lexikon 651
Apulejus: Der goldene Esel 146
Arcimboldo: Figurinen 680
Arnim, Bettina von: Armenbuch 541
Arnim, Bettina von: Aus meinem Leben 642
Arnim, Bettina von: Dies Buch gehört dem König 666
Arnim, Bettina von: Die Günderode 702
Arnim/Brentano: Des Knaben Wunderhorn 85
Artmann: Christopher und Peregrin 488
Austen: Emma 511
Balzac: Die Frau von dreißig Jahren 460
Balzac: Das Mädchen mit den Goldaugen 60
Balzac: Über die Liebe 715
Basile: Das Märchen aller Märchen »Der Pentamerone« 354
Baudelaire: Blumen des Bösen 120
Bayley: Reise der beiden Tiger 493
Bayley: 77 Tiere und ein Ochse 451
Beaumarchais: Figaros Hochzeit 228
Bédier: Der Roman von Tristan und Isolde 387
Beecher-Stowe: Onkel Toms Hütte 272
Beisner: Adreßbuch 294
Beisner: Das Sternbilderbuch 587
Bender: Herbstbuch 657
Bender: Katzenbuch 567
Bender: Winterbuch 728
Berg. Leben und Werk 194

Bierce: Mein Lieblingsmord 39
Bierce: Wörterbuch des Teufels 440
Bilibin: Märchen vom Herrlichen Falken 487
Bilibin: Wassilissa 451
Bin Gorion: Born Judas 533
Blake: Lieder der Unschuld 116
Blei: Das große Bestiarium der modernen Literatur 660
Die Blümlein des heiligen Franziskus 48
Blumenschatten hinter dem Vorhang 744
Boccaccio: Das Dekameron (2 Bände) 7/8
Borchers: Das Adventbuch 449
Borchers/Brierley: Der König der Tiere und seine Freunde 622
Borchers/Schlote: Briefe an Sarah 568
Borchers/Schlote: Heute wünsch ich mir ein Nilpferd 629
Bornkamm: Jahrhundert der Reformation 713
Borst: Alltagsleben im Mittelalter 513
Bote: Eulenspiegel 336
Brandenberg/Aliki: Alle Mann fertig? 646
Brantôme: Das Leben der galanten Damen 586
Brecht: Bertolt Brechts Hauspostille 617
Brecht. Leben und Werk 406
Brentano: Gedichte, Erzählungen, Briefe 557
Brentano: Gockel Hinkel Gackeleia 47
Brentano: Italienische Märchen 695
Brillat-Savarin: Physiologie des guten Geschmacks 423
Brontë: Die Sturmhöhe 141
Bruno: Das Aschermittwochsmahl 548
Das Buch der Liebe 82
Das Buch vom Tee 412
Büchner: Der Hessische Landbote 51
Büchner: Lenz 429
Büchner: Leonce und Lena 594
Bürger: Münchhausen 207
Bürgers Liebe 564

Busch: Kritisch-Allzukritisches 52
Busch: Sämtliche Bilderbogen 620
Carossa: Erinnerungen an Padua und Ravenna 581
Carossa: Kindheit 295
Carossa: Leben und Werk 348
Carossa: Verwandlungen 296
Carroll: Alice hinter den Spiegeln 97
Carroll: Alice im Wunderland 42
Carroll: Briefe an kleine Mädchen 172
Carroll: Geschichten mit Knoten 302
Carroll: Die Jagd nach dem Schnark 598
Las Casas: Bericht von der Verwüstung der Westindischen Länder 553
Cervantes: Don Quixote (3 Bände) 109
Chamisso: Peter Schlemihl 27
Chinesische Liebesgedichte 442
Chinesische Volkserzählungen 522
Claudius: Wandsbecker Bote 130
Columbus: Das Bordbuch 476
Cooper: Der Lederstrumpf (5 Bände in Kassette) 760
Cortez: Die Eroberung Mexikos 393
Dante: Die Göttliche Komödie (2 Bände) 94
Daudet: Briefe aus meiner Mühle 446
Daudet: Montagsgeschichten 649
Daudet: Tartarin von Tarascon 84
Daumier: Antike Geschichte 560
Defoe: Moll Flanders 707
Defoe: Robinson Crusoe 41
Deutsche Heldensagen 345
Deutsche Künstlernovellen des 19. Jahrhunderts 656
Deutsche Sagen (2 Bände) 481
Deutsche Volksbücher (3 Bände) 380
Dickens: David Copperfield 468
Dickens: Große Erwartungen 667
Dickens: Oliver Twist 242
Dickens: Der Raritätenladen 716
Dickens: Weihnachtserzählungen 358
Diderot: Erzählungen und Gespräche 554
Diderot: Die Nonne 31
Dostojewski: Der Idiot 740
Dostojewski: Schuld und Sühne 673
Dostojewski: Der Spieler 515
Die drei Reiche 585
Droste-Hülshoff: Bei uns zulande auf dem Lande 697

Droste-Hülshoff: Die Judenbuche 399
Dumas: Der Graf von Monte Christo (2 Bände) 266
Dumas: Die Kamliendame 546
Dumas: König Nußknacker 291
Eastman: Ohijesa 519
Ebeling: Martin Luthers Weg und Wort 439
Eckermann: Gespräche mit Goethe 500
Eich/Köchl: Der 29. Februar 616
Eichendorff: Aus dem Leben eines Taugenichts 202
Eichendorff: Gedichte 255
Eichendorff: Novellen und Gedichte 360
Ein Mann wie Lessing täte uns not 537
Die Eisenbahn 676
Eisherz und Edeljaspis 123
Enzensberger: Edward Lears kompletter Nonsens I 480
Enzensberger: Edward Lears kompletter Nonsens II 502
Erasmus von Rotterdam: Lob der Torheit 369
Ernst, Paul: Der Mann mit dem tötenden Blick 434
Erotische Geschichten aus 1001 Nächten 704
Die Erzählungen aus den Tausendundein Nächten (12 Bände in Kassette) 224
Europa 638
Faber: Denk ich an Deutschland... 628
Der Familienschatz 34
Feuerbach: Merkwürdige Verbrechen 512
Fielding: Die Geschichte des Tom Jones, eines Findlings 504
Ein Fisch mit Namen Fasch 222
Flach: Minestra 552
Flaubert: Bouvard und Pécuchet 373
Flaubert: Drei Erzählungen/Trois Contes 571
Flaubert: Lehrjahre des Gefühls 276
Flaubert: Madame Bovary 167
Flaubert: November 411
Flaubert: Salammbô 342
Flaubert: Die Versuchung des heiligen Antonius 432
Florenz 633

Fontane: Allerlei Glück 641
Fontane: Cécile 689
Fontane: Effi Briest 138
Fontane: Ein Leben in Briefen 540
Fontane: Frau Jenny Treibel 746
Fontane: Kinderjahre 705
Fontane: Der Stechlin 152
Fontane: Unwiederbringlich 286
Fontane: Vor dem Sturm 583
Forster: Reise um die Welt 757
le Fort. Leben und Werk 195
France: Blaubarts Frauen 510
Frank: Das kalte Herz 330
Frauenbriefe der Romantik 545
Friedrich, C. D.: Auge und Landschaft 62
Gage/Hafner: Mathilde und das Gespenst 640
Gasser: Kräutergarten 377
Gasser: Spaziergang durch Italiens Küchen 391
Gasser: Tante Melanie 192
Gassers Köchel-Verzeichnis 96
Gebete der Menschheit 238
Das Geburtstagsbuch für Kinder 664
Geistliche Gedichte 668
Gernhardt: Ein gutes Schwein 2012
Gernhardt: Mit dir sind wir vier 2003
Gernhardt, R. u. A.: Was für ein Tag 544
Geschichten der Liebe aus 1001 Nächten 38
Geschichten vom Buch 722
Gesta Romanorum 315
Goethe: Anschauendes Denken 550
Goethe: Dichtung und Wahrheit (3 Bände) 149–151
Goethe: Erfahrung der Geschichte 650
Goethe: Die erste Schweizer Reise 300
Goethe: Faust (2 Bände in Kassette) 50
Goethe: Frühes Theater 675
Goethe: Gedichte in zeitlicher Folge (2 Bände) 350
Goethe: Gespräche mit Eckermann (2 Bände) 500
Goethe: Hermann und Dorothea 225
Goethe: Italienische Reise 175
Goethe: Klassisches Theater 700
Goethe: Das Leben des Benvenuto Cellini 525
Goethe: Die Leiden des jungen Werther 25

Goethe: Liebesgedichte 275
Goethe: Maximen und Reflexionen 200
Goethe: Novellen 425
Goethe: Reineke Fuchs 125
Goethe: Das römische Carneval 750
Goethe/Schiller: Briefwechsel (2 Bände) 250
Goethe: Tagebuch der italienischen Reise 176
Goethe: Trostbüchlein 400
Goethe: Über die Deutschen 325
Goethe: Wahlverwandtschaften 1
Goethe – warum? 759
Goethe: West-östlicher Divan 75
Goethe: Wilhelm Meisters Lehrjahre 475
Goethe: Wilhelm Meisters theatralische Sendung 725
Goethe: Wilhelm Meisters Wanderjahre oder die Entsagenden 575
Goethes letzte Schweizer Reise 375
Gogh: Briefe 177
Gogol: Der Mantel 241
Gogol: Die Nacht vor Weihnachten 584
Goncourt: Tagebücher 692
Gontscharow: Oblomow 472
Gorki: Der Landstreicher und andere Erzählungen 749
Grandville: Beseelte Blumen 524
Greenaway: Mutter Gans 28
Griechisches Theater 721
Grillparzer: Der arme Spielmann 690
Grimmelshausen: Courasche 211
Grimmelshausen: Simplicissimus 739
Grimm: Deutsche Sagen (2 Bände) 481
Grimms Märchen (3 Bände) 112/113/114
Die großen Detektive Bd. 1 101
Die großen Detektive Bd. 2 368
Das große Lalula 91
Günther: Ein Mann wie Lessing täte uns not 537
Gundert: Marie Hesse 261
Gundlach: Der andere Strindberg 229
Hauff-Märchen (2 Bände) 216/217
Hausmann: Der Hüttenfuchs 730
Hawthorne: Der scharlachrote Buchstabe 436
Hebel: Kalendergeschichten 17

Hebel: Schatzkästlein des rheinischen Hausfreundes 719
Heine: Atta Troll 748
Heine: Buch der Lieder 33
Heine: Deutschland. Ein Wintermärchen 723
Heine. Leben und Werk 615
Heine: Memoiren des Herren von Schnabelewopski 189
Heine: Reisebilder 444
Heine: Romanzero 538
Heine: Shakespeares Mädchen 331
Das Herbstbuch 657
Heseler: Ich schenk' Dir was 556
Heseler: Das liebe lange Jahr 2008
Hesse: Bäume 455
Hesse: Dank an Goethe 129
Hesse: Geschichten aus dem Mittelalter 161
Hesse: Hermann Lauscher 206
Hesse: Kindheit des Zauberers 67
Hesse: Knulp 394
Hesse: Leben und Werk 36
Hesse: Magie der Farben 482
Hesse: Meisterbuch 310
Hesse: Piktors Verwandlungen 122
Hesse: Schmetterlinge 385
Hesse: Der Zwerg 636
Hesse/Schmögner: Die Stadt 236
Hesse/Weiss: Der verbannte Ehemann 260
Hildesheimer: Waschbären 415
Hitzig: E.T.A. Hoffmanns Leben und Nachlaß 755
Hölderlin-Chronik 83
Hölderlin: Dokumente seines Lebens 221
Hölderlin: Hyperion 365
Hölderlins Diotima Susette Gontard 447
E.T.A. Hoffmann: Elementargeist 706
E.T.A. Hoffmann: Elixiere des Teufels 304
E.T.A. Hoffmann: Das Fräulein von Scuderi 410
E.T.A. Hoffmann: Der goldne Topf 570
E.T.A. Hoffmann: Kater Murr 168
E.T.A. Hoffmann: Meister Floh 503
E.T.A. Hoffmann: Nachtstücke 589
E.T.A. Hoffmann: Prinzessin Brambilla 418

E.T.A. Hoffmann: Die Serapionsbrüder (4 Bände in Kassette) 631
E.T.A. Hoffmann: Der unheimliche Gast 245
Das Hohe Lied 600
Homer: Ilias 153
Horváth. Leben und Werk 237
Huch, Ricarda: Der Dreißigjährige Krieg (2 Bände) 22/23
Hugo: Notre-Dame von Paris 298
Ibsen: Nora 323
Idyllen der Deutschen 551
Immermann: Münchhausen 747
Indische Liebeslyrik 431
Die Insel 578
Irving: Dietrich Knickerbockers humoristische Geschichte der Stadt 592
Isle-Adam: Grausame Geschichten 303
Istanbul 530
Jacobsen: Die Pest in Bergamo 265
Jacobsen: Niels Lyhne 44
Jan: Batu-Khan 462
Jan: Zum letzten Meer 463
Jean Paul: Der ewige Frühling 262
Jean Paul: Des Luftschiffers Gianozzo Seebuch 144
Jean Paul: Titan 671
Johnson: Reisen nach den westlichen Inseln bei Schottland 663
Jung-Stilling: Lebensgeschichte 709
Kästner: Griechische Inseln 118
Kästner: Kreta 117
Kästner: Leben und Werk 386
Kästner: Die Lerchenschule 57
Kästner: Ölberge, Weinberge 55
Kästner: Die Stundentrommel vom heiligen Berg Athos 56
Kairo 696
Kang: Die schwarze Reiterin 474
Kant-Brevier 61
Kaschnitz: Beschreibung eines Dorfes 665
Kaschnitz: Courbet 327
Kaschnitz: Eisbären 4
Kasperletheater für Erwachsene 339
Das Katzenbuch 567
Keller: Der grüne Heinrich (2 Bände) 335
Keller: Romeo und Julia auf dem Dorfe 756

Keller: Das Sinngedicht 632
Keller: Züricher Novellen 201
Keller, Harald: Kunstlandschaften Italiens (2 Bände in Kassette) 627
Kessler, Harry Graf: Tagebücher 1918–1937 659
Kierkegaard: Briefe 727
Kierkegaard: Tagebuch des Verführers 405
Kin Ping Meh 253
Kleist: Erzählungen 247
Kleist: Geschichte meiner Seele 281
Kleist. Leben und Werk 371
Kleist: Die Marquise von O. 299
Kleist: Der zerbrochene Krug 171
Klingemann: Nachtwachen von Bonaventura 89
Knigge: Über den Umgang mit Menschen 273
Kolumbus: Bordbuch 476
Kühn: Liederbuch für Neidhart 742
Kühn: Ich Wolkenstein 497
Laclos: Schlimme Liebschaften 12
Lamb: Shakespeare Novellen 268
Lange: Edith Piaf 516
Lear: Edward Lears kompletter Nonsens (2 Bände) 502
Lessing: Dramen 714
Lévi-Strauss: Weg der Masken 288
Liselotte von der Pfalz 428
Literarischer Führer durch Deutschland 527
Liebe Mutter 230
Lieber Vater 231
Lichtenberg: Aphorismen 165
Linné: Lappländische Reise 102
Lobel: Maus im Suppentopf 383
Lobel: Mäusegeschichten 173
Der Löwe und die Maus 187
London 322
London, Jack: Ruf der Wildnis 352
London, Jack: Die Goldschlucht 407
Longus: Daphnis und Chloe 136
Lorca: Die dramatischen Dichtungen 3
Luther: Jona und Habakuk 688
Luther: Vorreden zur Bibel 677
Luther im Gespräch 670
Märchen der Romantik (2 Bände) 285
Märchen deutscher Dichter 13
Malkowski/Köhler: Die Nase 549

Malory: König Artus (3 Bände) 239
Marc Aurel: Wege zu sich selbst 190
Masereel: Die Idee 591
Maupassant: Bel-Ami 280
Maupassant: Die Brüder 712
Maupassant: Das Haus Tellier 248
Maupassant: Pariser Abenteuer 106
Maupassant: Unser einsames Herz 357
Mayröcker/Eberle: Sinclair Sofokles 652
Meckel: Allgemeine Erklärung der Menschenrechte 682
Melville: Benito Cereno 644
Melville: Israel Potter 517
Melville: Moby Dick 233
Die Memoiren des Robert-Houdin 506
Mercier: Mein Bild von Paris 374
Mérimée: Carmen 361
Merkbuch für Geburtstage 155
Metken: Reisen als schöne Kunst betrachtet 639
Michelangelo. Leben und Werk 148
Michelangelo: Zeichnungen und Dichtungen 147
Michelet: Frauen der Revolution 726
Minnesinger 88
Mirabeau: Der gelüftete Vorhang 32
Mörike: Alte unnennbare Tage 246
Mörike: Die Historie von der schönen Lau 72
Mörike: Maler Nolten 404
Mörike: Mozart auf der Reise nach Prag 376
Molière: Der Menschenfeind 401
Montaigne: Essays 220
Montesquieu: Persische Briefe 458
Mordillo: Crazy Cowboy 2004
Mordillo: Crazy Crazy 2009
Mordillo: Das Giraffenbuch 37
Mordillo: Das Giraffenbuch II 71
Mordillo: Träumereien 108
Morgenländische Erzählungen 409
Morgenstern: Alle Galgenlieder 6
Morgenstern/Heseler: Schnauz und Miez 2006
Morier: Die Abenteuer des Hadji Baba 523
Das Moritatenbuch 559
Moritz: Anton Reiser 433
Moskau 467
Mozart: Briefe 128

Musäus: Rübezahl 73
Die Nase 549
Nestroy: Lumpazivagabundus und andere Komödien 710
Nestroy: Stich- und Schlagworte 270
Die Nibelungen 14
New York 592
Nietzsche: Ecce Homo 290
Nietzsche: Der Fall Wagner 686
Nietzsche: Die fröhliche Wissenschaft »La gaya scienza« 635
Nietzsche: Menschliches, Allzumenschliches 614
Nietzsche: Morgenröte 678
Nietzsche: Unzeitgemäße Betrachtungen 509
Nietzsche: Zarathustra 145
Nijinsky: Nijinsky. Der Gott des Tanzes 566
Nossack/Heras: Der König geht ins Kino 599
Novalis. Dokumente seines Lebens 178
Novalis: Heinrich von Ofterdingen 596
Offenbach: Pariser Leben 543
Okakura: Das Buch vom Tee 412
Orbis Pictus 9
Ovid: Ars Amatoria 164
Das Papageienbuch 424
Paris 389
Pascal: Größe und Elend des Menschen 441
Penzoldt. Leben und Werk 547
Pepys: Das geheime Tagebuch 637
Petrarca: Dichtungen, Briefe, Schriften 486
Phaïcon I 69
Phaïcon II 154
Platon: Phaidon 379
Platon: Symposion oder Über den Eros 681
Platon: Theaitet 289
Poe: Grube und Pendel 362
Polaris III 134
Poesie-Album 414
Polnische Volkskunst 448
Pontoppidan: Hans im Glück (2 Bände) 569
Potocki: Die Handschrift von Saragossa (2 Bände) 139
Prévert/Henriquez: Weihnachtsgäste 577
Prévost: Manon Lescaut 518
Proust/Atget: Ein Bild von Paris 669
Puschkin/Bilibin: Das Märchen vom Zaren Saltan und Das Märchen vom goldenen Hahn 2002
Quincey: Der Mord als eine schöne Kunst betrachtet 258
Raabe: Die Chronik der Sperlingsgasse 370
Raabe: Hastenbeck 563
Rabelais: Gargantua und Pantagruel (2 Bände) 77
Die Räuber vom Liang Schan Moor (2 Bände) 191
Reden und Gleichnisse des Tschuang Tse 205
Reimlexikon (2 Bände) 674
Der Rhein 624
Richter: Familienschatz 34
Rilke: Die Aufzeichnungen des Malte Laurids Brigge 630
Rilke: Ausgesetzt auf den Bergen des Herzens 98
Rilke: Briefe über Cézanne 672
Rilke: Das Buch der Bilder 26
Rilke: Die drei Liebenden 355
Rilke: Duineser Elegien/Sonette an Orpheus 80
Rilke: Gedichte 701
Rilke: Geschichten vom lieben Gott 43
Rilke: Neue Gedichte 49
Rilke: Späte Erzählungen 340
Rilke: Das Stunden-Buch 2
Rilke: Wladimir, der Wolkenmaler 68
Rilke: Worpswede 539
Rilke: Zwei Prager Geschichten 235
Rilke. Leben und Werk 35
Robinson: Onkel Lubin 254
Römische Sagen 466
Rousseau: Zehn Botanische Lehrbriefe für Frauenzimmer 366
Rumohr: Geist der Kochkunst 326
Runge. Leben und Werk 316
Sacher-Masoch: Venus im Pelz 469
Der Sachsenspiegel 218
Sagen der Juden 420
Sagen der Römer 466
Sand: Geschichte meines Lebens 313
Sand: Indiana 711

Sand. Leben und Werk 565
Sand: Lélia 737
Sappho: Liebeslieder 309
Schadewaldt: Sternsagen 234
Scheerbart: Liebes- und Schmollbriefe 724
Schiller: Der Geisterseher 212
Schiller. Leben und Werk 226
Schiller/Goethe: Briefwechsel (2 Bände) 250
Schiller: Wallenstein 752
Schlegel: Theorie der Weiblichkeit 679
Schlote: Das Elefantenbuch 78
Schlote: Fenstergeschichten 103
Schlote: Geschichte vom offenen Fenster 287
Schmögner: Das Drachenbuch 10
Schmögner: Das Guten Tag Buch 496
Schmögner: Ein Gruß an Dich 232
Schmögner: Das neue Drachenbuch 2013
Schmögner: Das unendliche Buch 40
Schmögner/Heller: Vogels Neues Tierleben 698
Schneider. Leben und Werk 318
Schopenhauer: Aphorismen zur Lebensweisheit 223
Schopenhauer: Kopfverderber 661
Schwab: Sagen des klassischen Altertums (3 Bände) 127
Scott: Ivanhoe 751
Sealsfield: Kajütenbuch 392
Seneca: Von der Seelenruhe 743
Sévigné: Briefe 395
Shakespeare: Hamlet 364
Shaw-Brevier 159
Sindbad der Seefahrer 90
Skaldensagas 576
Sophokles: Antigone 70
Sophokles: König Ödipus 15
de Staël: Über Deutschland 623
Stendhal: Die Kartause von Parma 307
Stendhal: Lucien Leuwen 758
Stendhal: Rot und Schwarz 213
Stendhal: Über die Liebe 124
Sternberger: Über Jugendstil 274
Sterne: Das Leben und die Meinungen des Tristram Shandy 621
Sterne: Yoricks Reise 277

Sternzeichen aus einem alten Schicksalsbuch:
Skorpion 601
Schütze 602
Steinbock 603
Wassermann 604
Fische 605
Widder 606
Stier 607
Zwillinge 608
Krebs 609
Löwe 610
Jungfrau 611
Waage 612
Stevenson: Das Flaschenteufelchen 595
Stevenson: Dr. Jekyll und Mr. Hyde 572
Stevenson: Die Schatzinsel 65
Stifter: Bergkristall 438
Stifter: Der Nachsommer 653
Storm: Am Kamin 143
Storm: Der Schimmelreiter 305
Storm: Werke (6 Bände in Kassette) 731–736
Strindberg: Ein Puppenheim 282
Der andere Strindberg 229
Swift: Gullivers Reisen 58
Swift: Ausgewählte Werke in drei Bänden 654
Tacitus: Germania 471
Der tanzende Tod 647
Taschenspielerkunst 424
Teresa von Avila: Von der Liebe Gottes 741
Thackeray: Das Buch der Snobs 372
Thackeray: Jahrmarkt der Eitelkeit (2 Bände) 485
Timmermans: Dämmerungen des Todes 297
Timmermans: Franziskus 753
Tognola/Adelki: Das Eselchen und der Wolf 2001
Tolstoj: Anna Karenina (2 Bände) 308
Tolstoj: Die großen Erzählungen 18
Tolstoj: Kindheit, Knabenalter, Jünglingsjahre 203
Tolstoj: Krieg und Frieden (4 Bände in Kassette) 590
Tolstoj: Nach vierzig Jahren 691
Tolstoj: Rede gegen den Krieg 703
Tolstoj: Der Überfall 367

Traum der roten Kammer 292
Traxler: Es war einmal ein Mann 454
Traxler: Fünf Hunde erben 1 Million 562
Tschechow: Die Dame mit dem Hündchen 174
Tschechow: Das Duell 597
Tschechow: Der Fehltritt 396
Tschuang-Tse: Reden und Gleichnisse 205
Turgenjew: Erste Liebe 257
Turgenjew: Väter und Söhne 64
Der Turm der fegenden Wolken 162
Twain: Der gestohlene weiße Elefant 403
Twain: Huckleberry Finns Abenteuer 126
Twain: Leben auf dem Mississippi 252
Twain: Tom Sawyers Abenteuer 93
Urgroßmutters Heilmittel 561
Urgroßmutters Kochbuch 457
Varvasovsky: Die Bremer Stadtmusikanten 658
Varvasovsky: Schneebärenbuch 381
Venedig 626
Voltaire: Candide 11
Voltaire: Sämtliche Romane und Erzählungen (2 Bände) 209/210
Voltaire: Zadig 121
Vom Essen und Trinken 293
Vulpius: Rinaldo Rinaldini 426
Wagner: Ausgewählte Schriften 66
Wagner: Die Feen 580
Wagner. Leben und Werk 334
Wagner: Lohengrin 445
Wagner: Die Meistersinger 579
Wagner: Parsifal 684
Wagner-Parodien 687

Wagner: Tannhäuser 378
Wahl/Barton: Vom kleinen klugen Enterich 593
Die Wahrheiten des G.G. Belli 754
Walser, Robert: Fritz Kochers Aufsätze 63
Walser, Robert. Leben und Werk 264
Walser, Robert: Liebesgeschichten 263
Walser/Ficus: Heimatlob 645
Wedekind: Ich hab meine Tante geschlachtet 655
Das Weihnachtsbuch 46
Das Weihnachtsbuch der Lieder 157
Das Weihnachtsbuch für Kinder 156
Wie ein Mann ein fromm Weib soll machen 745
Wieland: Aristipp 718
Wieland-Lesebuch 729
Wie man lebt und denkt 333
Weng Kang: Die schwarze Reiterin 474
Wilde: Die Erzählungen und Märchen 5
Wilde: Gesammelte Werke in zehn Bänden 582
Wilde/Oski: Das Gespenst von Canterville 344
Wilde: Salome 107
Wilde. Leben und Werk 158
Winter: Kinderbahnhof Lokomotive 662
Das Winterbuch 728
Wührl: Magische Spiegel 347
Wogatzki: Der ungezogene Vater 634
Zimmer: Yoga und Buddhismus 45
Zimmermann: Reise um die Welt mit Captain Cook 555
Zola: Germinal 720
Zola: Nana 398
Zweig. Leben und Werk 528